小説 TIGER & BUNNY 2
パート1
［下］

小説 TIGER & BUNNY 2 パート1［下］

CONTENTS

第８話	You can't judge a book by its cover. （外見だけでは中身を判断できない）	007
第９話	Have not thy cloak to make when it begins to rain. （雨が降り始めてからレインコートを作らせるな）	051
第１０話	Pride comes before a fall. （驕りが滅亡の前にやってくる）	097
第１１話	Every cloud has a silver lining. （どの雲も裏は銀色）	145
第１２話	Man's extremity is God's opportunity. （人の難局は神の好機）	197
第１３話	Constant dropping wears away a stone. （点滴、石を穿つ）	245
	あとがき	295

小説

TIGER & BUNNY 2

パート1

［下］

ノベライズ：石上加奈子

企画・原作・制作：BN Pictures

シリーズ構成・脚本・ストーリーディレクター：西田征史

監修協力：兒玉宣勝

カバーイラスト

作画★稲吉智重
Inayoshi Tomoshige

仕上/検査★柴田亜紀子
Shibata Akiko

特効★前村陽子
Maemura Yoko

小説 TIGER & BUNNY 2 パート1［下］ ○ CHARACTER

鏑木《かぶらぎ》・T《ティー》・虎徹《こてつ》

デビュー10年以上のベテランヒーロー「ワイルドタイガー」。紆余曲折を経て再び1部リーグのヒーローに返り咲く。

バーナビー・ブルックス Jr.《ジュニア》

本名の「バーナビー・ブルックスJr.」の名で活躍するヒーロー。虎徹と再びコンビを組む事に。

カリーナ・ライル

歌って踊れる大人気アイドルヒーロー「ブルーローズ」。ヒーロー活動と学業を両立させる努力家。

ライアン・ゴールドスミス

一度はシュテルンビルトを離れたが、とある事件をきっかけに戻ってきた「ゴールデンライアン」。洞察力に長けている。

ネイサン・シーモア

自身所属のヘリオスエナジーのオーナーでもある「ファイヤーエンブレム」。世話好きで面倒見が良い。

キース・グッドマン

日々の努力を怠らない「スカイハイ」として老若男女に大人気のヒーロー。真面目故に天然な一面も。

イワン・カレリン

擬態能力で活躍する「折紙サイクロン」。ヒーローアカデミー出身者。普段はおとなしく消極的な性格。

アントニオ・ロペス

強靭な肉体を誇る「ロックバイソン」の名で活躍するベテランヒーロー。虎徹とは昔からの親友。

CHARACTER

ホァン・パオリン

高い身体能力を生かし華麗に活躍する「ドラゴンキッド」。天真爛漫で一人称は"ボク"。

ラーラ・チャイコスカヤ

「マジカルキャット」の名で活躍するヒーロー。所属会社からの要望で魔女っ娘キャラのヒーローとしてデビューすることになった。

仙《せん》石《ごく》　昂《すばる》

「Mr. ブラック」の名で活躍するヒーロー。陽気で実直な性格。責任感が強いが、直情的な面もあり、時に周りと衝突することやトラブルを起こすこともある。

トーマス・トーラス

「ヒーイズトーマス」の名で活躍するヒーロー。口数が少なく、常にクールで無表情。トレーニングや食事もストイックに管理している。

CHARACTER

ユーリ・ペトロフ

司法局ヒーロー管理官兼裁判官。今期からの制度改正に伴い、ヒーローたちとより深く関わることに。

アニエス・ジュベール

「HERO TV」のプロデューサーで視聴率至上主義のキャリアウーマン。熱心さがあまって時にはヒーローたちに指示出しししてしまうことも？

マッティア・イングラム

アプトン研究所の研究者。脳神経の研究をしている。バーナビーをよく知る人物。

ニコライ・ブラーエ

フガン、ムガンと行動を共にする謎多き人物。

フガン

双子の弟ムガンと世界各地のヒーロー狩りを始める。

ムガン

双子の兄フガンと世界各地のヒーロー狩りを始める。

≫ 第8話

You can't judge a book by its cover.

（外見だけでは中身を判断できない）

住宅街の狭《せま》い路地を、強盗犯《ごうとうはん》が必死に走っていく。しかし、路地はすぐ行き止まりになり、逃《に》げ場《ば》を失った犯人が踵《きびす》を返そうとすると、黒い影《かげ》が目の前に降り立った。

『さあ、犯人を追《お》い詰《つ》めたのは――これは珍《めずら》しい、Mr．ブラックだ!!』

「ついに来たぞ、俺《おれ》の見せ場！」

Mr．ブラックは胸の前で両手の拳《こぶし》を握《にぎ》り締《し》め、喜びを体で表していた。狭い路地であり、犯人にとって他に逃げ出せる場所もなく、状況《じょうきょう》は有利だ。

ブラックは決意の言葉を口にし、いよいよ犯人確保に動こうとした矢先、突然《とつぜん》犯人が片手を上げる。

「参った！」

「へ？？？」

拍子抜《ひょうしぬ》けしているブラックをよそに、犯人は地面にカバンを置くと、膝《ひざ》をついて両手を上げる。素直《すなお》に負けを認めたのか、「降参です。降参！」としおらしい態度を取る。

特別な見せ場もなく、あっさりと確保できそうな状況にブラックは頭を掻《か》いた。

「んだよ、終わり？　……へいへい」

大人しくしている犯人を捕《と》らえようとするブラックに、追いついたヒーイズトーマスが急《せ》かす。

「急げ。先輩《せんぱい》たちが来るぞ」

「ん！　指図すんなって」

ブラックは怪訝《けげん》そうにトーマスに顔を向け、自らを指さす。

「今回は俺の勝ちだかんな……」

バン！　言いかけたブラックの言葉を遮《さえぎ》るように発砲音《はつぽうおん》が響《ひび》いた。犯人が会話している二人の隙《すき》をついて銃《じゆう》で発砲《はつぽう》したのだ。

「くそっ、外れた」

悔《くや》しがる犯人の視線の先で、集まっていた見物人たちが悲鳴を上げる。その群衆の中で、女性が一人、右足を押さえながらその場にしゃがみ込んだ。犯人の撃《う》った弾《たま》が付近にいた彼女の足をかすめたようだった。

苦しそうに患部《かんぶ》を押さえる女性を、周りの人々が呆気《あつけ》に取られて見ていた。

ブラックが犯人に向き直る。

「てめぇ……」

トーマスは怪我《けが》をした女性を見つめ、ハッとした様子で顔を動かす。女性の右足からは血が流れ、痛みに耐《た》えて呻《うめ》き声を漏《も》らしていた。

「はぁぁぁぁ」

犯人に向かってトーマスは腕《うで》を伸《の》ばす。すると拳銃《けんじゆう》を持つ犯人の片手が持ち上げられ壁《かべ》に打ち付けられた。トーマスは自身の能力《サイコキネシス》を使っているのだ。

トーマスは、怒《いか》りを増大させるかのように能力をさらに発動させる。

「はぁぁぁぁぁ」

そして右手で強く拳を握《にぎ》り、空いていた左手を犯人に向ける。すると、犯人の右手から拳銃が離《はな》れた。犯人はトーマスの能力で体が壁を背に磔《はりつけ》にされた状態になり、動きを封《ふう》じられていた。怯《おび》えた目で、犯人は歩み寄ってきたトーマスに許しを請《こ》う。

「やっぱ降参、降参、もう許し……」

ここで確保か、と思われたそのとき、いきなりトーマスは犯人を殴《なぐ》りつけた。

それも一発ではない。タガが外れたように、幾度《いくど》もトーマスは犯人を殴り続け、呆気に取られて立っていたブラックも驚《おどろ》きの声を漏らした。

「……おい」

『ＨＥＲＯ ＴＶ』には犯人を殴り続けるトーマスが映し出され、慌《あわ》ててブラックが歩み寄り、彼を止める。

『ＣＭいって！　こんなの放送できないわ！』

アニエスが強制的に放送を中断する。しかしその間も、ずっとトーマスは何かに憑《つ》かれたように犯人を殴り続けている。ブラックが後ろからトーマスを抱《かか》えて止めても、彼は振《ふ》り上《あ》げた拳を下ろそうとはしない。

「おいやめろ！」

「はなせ……はなせ!!」

抑《おさ》えきれないトーマスの怒りが、突然の暴走なのか、何かに所以《ゆえん》するものなのか、彼以外の誰《だれ》にもわからなかった。


この日の『HERO TV』の放送内容が物議を醸《かも》し、多くのニュースで取り上げられた。

『ヒーイズトーマスの暴行事件を受け、司法局は関係者に聞き取り調査を行い、処分を決定すると発表しました』

街頭ビジョンでも男性キャスターがニュースを読み上げている。


司法局のペトロフ管理官の部屋。室内にはペトロフ管理官、その前にトーマスとブラックの所属会社『ジャングル』のカルロッタさんが立ち、必死にトーマスに非がないことを訴《うった》えていた。

「どこが過剰《かじょう》防衛なんですか？　彼が止めなければ女性一人のかすり傷じゃ済まなかった可能性も……」

カルロッタさんの後ろにはトーマス、昴《すばる》。アニエスとバニー、それから俺も聞き取り調査に同席している。

「私には貴方《あなた》が我を忘れ、冷静さを欠いているよう見受けられたのですが、いかがですか？」

ペトロフ管理官がカルロッタさんの主張を遮り、トーマスに冷静な視線と口調で質問する。

俺の感想も同じだった。普段《ふだん》、感情的な行動に出ないトーマスがあそこまで我を失うってのは、何かよっぽどの理由があるはずだ。

特にこれまでヒーローとして優等生イメージがあるトーマスは、自分の行動の一つ一つを緻《ち》密《みつ》に計算してる印象があるだけに意外だったんだよな……。

少し俯《うつむ》き、無言のトーマスをかばうように「彼は冷静でした！」とカルロッタさんが代わりに答える。

室内には緊張感《きんちょうかん》が漂《ただよ》っている。ペトロフ管理官は書類を手にし、トーマスを見ながら言葉を続けた。

「八年前に起きた貴方の妹の事件……」

ペトロフ管理官が切り出すとトーマスがそれに鋭《するど》く反応する。昴は「妹？」とボソリとつぶやく。

「本件と酷似《こくじ》している部分がある。今回の貴方の行動に妹さんが……」

「妹は関係ありません！」

さらに続けようとしていたペトロフ管理官を、トーマスが強い口調で遮る。

「ん？」

聞いていた俺はトーマスの反応に驚いた。ここまで感情的になるのも、今までにはなかったことだ。バニーも引《ひ》っ掛《か》かったような顔で聞いている。

「僕《ぼく》が未熟だっただけです」

ややトーンを下げたトーマスがそう言って、それきり口を閉ざした。

確かにトーマスは何考えてるか読み取りにくいところがある気がするけど、理由もなくただ暴力を加えるようなヤツじゃない——だが今の状況じゃ口を挟《はさ》むことはできず、彼の心中を推測しながら見守ることしかできなかった。

ユーリ・ペトロフとアニエスは、司法局の廊下《ろうか》を歩いていた。トーマスとの接見を終え、二人は無言のまましばらく歩いていたが、アニエスが口を開き、頭を下げた。

「ありがとうございます。謹慎《きんしん》という処分のみにしてくださり……」

「あくまで保留ということです」

淡々《たんたん》とユーリは答える。アニエスはお礼の途中《とちゅう》で遮られ、言葉に詰《つ》まった。

「彼はまだ新人です。成長を見届けるのがヒーローに任命した我々の責務でしょう。ただ」

歩みを止めたユーリに倣《なら》い、アニエスも立ち止まる。ユーリの視線の先には、モニターにニュース映像が映し出されていた。

「シュテルンビルト市民がこんな事件を起こした彼を、再びヒーローとして受け入れるかどうか」

そう続けたユーリの言葉の真意を察し、アニエスの声が強張《こわば》る。

「では、市民の反応によっては」

ユーリは頷《うなず》いた。

「解雇《かいこ》もやむなしかと」

ジャスティスタワーの入り口では、外に出ようとしたカルロッタが報道員に取り囲まれていた。

「トーマスの行動はただの暴力だと批判の声が上がっていますが」

「子どもたちへの影響《えいきょう》はどうお考えです？」

「ヒーロー失格じゃないんですか？」

フラッシュがたかれ、強制的にマイクを向けられるカルロッタは彼らを手で遮っている。

「落ち着いてください！　落ち着いて！」


僕たち――虎徹《こてつ》さんとトーマス、ブラックは窓からカルロッタさんの様子を見ていた。

思った以上の騒《さわ》ぎになっている。僕はこれからの展開を案じていた。

「なぁ、妹の事件ってなんだよ」

いつものストレートな調子でブラックが尋《たず》ねる。トーマスは明らかに動揺《どうよう》する。

「あっ⁉」

「あの顔色悪男《かおいろわるお》が話してたやつだよ！」

ブラックは強い語気のままで言った。しかし僕は別の部分が引っ掛かり――。

「顔色悪男？」

そんな人がいただろうか……真剣《しんけん》に悩《なや》む。考えている僕の隣《となり》ではブラックとトーマスが言い合いをしている。

「お前に関係ない」

「関係あんだろ？　話せよ！」

しかしトーマスは口を閉ざしてしまう。そして僕はさっきから引っ掛かっていた点を虎徹さんに聞いてみる。

「顔色悪男？」

すると虎徹さんは、目の下にクマがあるジェスチャーをして見せた。

「ヒーロー管理官のことだろ」

「……あっ」

やっと合点《がてん》がいった。ブラックは恐《おそ》れを知らないな。

……などと僕が一人納得《なっとく》している間に、若手バディ二人の言い合いは激しくなっていた。

「教えろよ。バディの信頼《しんらい》関係にも関わんだろうが！」

詰《つ》め寄《よ》るブラックに、トーマスは静かに顔を上げて視線だけを向ける。

「信頼なんて必要ない」

そう言われたブラックは大きく目を見開く。

「はぁ？」

「人を信じるから判断が鈍《にぶ》る。今回だって犯人を信じたから隙が生まれた」

割り切った考え方だ——だが、以前の僕も同じように考えていた。信用できる一握《ひとにぎ》りの人たちを除いて、心を開くだけ無駄《むだ》だと。しかし、裏切らないと信じられる人はいると今の僕は思えるようになっていた。

「俺のせいだってのか？」

責められていると受け取ったブラックが食ってかかるが、トーマスも譲《ゆず》らず身を乗り出す。

「そうじゃない。信じるから裏切られるんだ。だったら最初から信じない方がいいだろ？　僕は誰のことも信じない。そうやって生きてきたし、これからも生きていく」

迷いのない彼の言い方に、虎徹さんが思わずといった調子で話しかけた。

「なぁ……」

だが、その言葉を奪《うば》ってでも、僕は言わずにはいられなかった。

「僕は……信じられる人間はいると思いますよ」

言葉にすると綺麗《きれい》ごとに聞こえるかもしれない。

突然口を挟んだ僕に、皆《みな》視線を向けている。虎徹さんは「お！」と意外そうな顔でこちらを見たが、残った二人は無言のままだ。僕の言葉はまったく届かなかったのだろうか。

トーマスは踵を返し、顔を隠《かく》すようにフードを深く被《かぶ》ると、出口に向かって歩き出してしまった。

その背中にブラックが声をかける。

「おい、勝手に動くなよ。これ以上問題になったら……」

ポケットから筋力トレーニングボールを取り出すと、トーマスは強い口調で言った。

「こんなことでヒーローができなくなってたまるか。そうなるなら別の土地に行く」

彼は、何よりも『ヒーロー』で居続けることを一番に考えているようだ――。

幾重《いくえ》にも堅《かた》い殻《から》で覆《おお》われたような彼の心を知ることはできるのだろうか。僕も、虎徹さんもそれ以上言葉をかけることができなかった。


その夜、照明があたたかく照らすマンションで、バーナビーは彼の大切な友人である植物たちに霧《きり》吹《ふ》きで水をやりながら、マッティアと通話していた。

『君と彼が似てるって？』

電話の向こうで、マッティアが尋ねる。バーナビーはトーマスの一件について、マッティアに何とはなしに聞いてもらいたくなったのだ。

「何となく、ルーキーの頃《ころ》の僕に」

植物に霧《きり》を吹《ふ》きかけながら、バーナビーは答えた。

――誰に何を言われても、心の中に凝《こ》り固《かた》まっている揺《ゆ》らがない基《き》盤《ばん》のようなものがある。

バーナビーはトーマスを思い浮かべていた。

『全然違《ちが》うよ。ルーキーの頃から君はまさにヒーローって感じで……彼とは違う』

電話越しにマッティアが明るく言う。

「表向きはね。けど、本当の僕は両親の事件があった時から人を信じられずにいた」

以前のバーナビーは虎徹に「あなたを信じていません」と平然と言い放っていた。当時は簡単に心を許すことが怖《こわ》くもあった――そうバーナビーは過去を振《ふ》り返《かえ》る。

「トーマスのように信じないって決めてはいなかったけどね。だから、少し気持ちがわかるんだ」

――彼は今、どんな思いで過ごしているんだろう。

『トーマスにシンパシーを感じてるってことか。なら力になりたいよね』

「でも何て言葉をかければいいのか……」

迷うバーナビーに、少しの間の後、マッティアが話し出した。

『ん～、言葉なんているかな？』

マッティアは優《やさ》しい口調で続ける。

『現に僕は「君がヒーローをしている姿」に勇気をもらってる。言葉なんかなくたって伝えられることがあると思うんだ』

思いやりのあるマッティアの言葉がバーナビーの心に沁《し》みる。ヒーローをやっていてこれほど救いと励《はげ》みになることはない、と感じた。

微笑《ほほえ》みを浮かべるバーナビーの一方で、マッティアは研究室で試験管を手にしながら、スマホのスピーカーで通話を続けていた。

「お疲れ様でした」

マッティアの研究室の入り口で帰宅しようとする研究員が挨拶《あいさつ》する。

「あ、お疲れ」

マッティアが返答する。その様子を聞いてバーナビーはようやく彼が仕事中だと気付いた。

忙《いそが》しい中、話に付き合ってくれたことに深く感謝しながら――。

「まだ仕事中か。ごめん、落ち着いたらまた食事でも」

バーナビーはマッティアにお礼を言って通話を終了《しゆうりよう》する。電話をしたことでずいぶんと安らかな気持ちになっていた。

『楽しみにしてる。じゃあ』

マッティアも微笑みを浮かべ、通話を終了するとわずかに表情がかげる。

「さてと……」

研究記録用のカメラのスイッチを入れると、画面にはマッティアが映る。先程《さきほど》とは打って変わって暗い面持《おもも》ちでカメラに向かい、報告を始めた。

「研究No．596……前回、R2のCmaxの数値は最高になったが全く効果はなかった……」

そこまで言うと、マッティアは肩《かた》を上下させ激しく咳《せ》き込む。咳《せき》が落ち着くと、マッティアは注射器を取り出し、袖《そで》をまくった左腕《ひだりうで》に素早《すばや》く注射した。

「今回は実験薬にリタリを1・3%増量した」


人々が行きかう街中の街頭ビジョンにはニュース映像が流れている。キャスターのパメラ・ドーソンの声が聞こえてくる。

『世間では、ヒーイズトーマスの事件について賛否両論あるようですが、私はこんな危険人物に市民の安全を託《たく》すことに抵抗《ていこう》がありますね』

トーマスは自室で夜にもかかわらず暗闇《くらやみ》の中、熱心にバーベルを持ち上げている。わずかに声を漏らし、彼は迷うことなく鍛錬《たんれん》を続けていた。


トレーニングセンターのロッカールーム。

「トーマスがクビ？」

虎徹が驚きの声を上げ、昴は肯定《こうてい》するように大きく頷いた。

「はい、急なことでパニックっすよ」

そう言って彼はスマホ画面を見せ、表示されているニュース記事を虎徹が読み上げる。

「ヒーイズトーマス、活動完全停止を司法局が決定、事実上のクビ？」

読み終えた虎徹の傍《かたわ》らでバーナビーも思案顔をしている。昴は不安そうに続けた。

「バッチリ書いてあるでしょ、クビだって。俺ら解散するんスかね、やっぱ」

バーナビーと虎徹は目くばせをしたが、先に虎徹が口を開いた。

「デマだな」

「え⁉」

驚く昴にバーナビーも補足する。

「その証拠《しょうこ》に文書の最後に〝?〟マークが。後で言い訳するためですよ」

「はえ〜」

スマホ画面を凝視《ぎょうし》しながら、昴は気が抜けたような声を漏らす。

「俺も駆《か》け出しのころは、そういう記事によく騙《だま》されたよ。あーんま踊《おど》らされんな」

虎徹が声をかけると、昴は安心したのか、頭を掻いた。

「なんだ嘘《うそ》かよ。俺が一人じゃ活躍《かつやく》できないって書いてあるし変だと思ったんすよ」

「その部分には〝?〟ねえけど?」

からかうように虎徹が言うと、ムッとして昴は睨《にら》みつけた。和《なご》やかな雰囲気《ふんいき》が戻《もど》りつつある中、バーナビーは神妙《しんみょう》な顔つきのまま口を開く。

「ちょっと不安だな」

「なんすか、バーナビーさんまで。俺は一人でも」

ムキになる昴を誤解させないため、噛《か》んで含めるようにバーナビーは続ける。

「じゃなくて。トーマスもこの記事を真実だと思っているのでは？」

それを聞いた昴の顔色がサッと変わった。


昴とトーマスが暮らしているマンションに、バーナビーと虎徹もともに移動した。

「本当にいいのか、急にお邪魔《じゃま》して」

心配そうに虎徹が尋ねる。

エレベーターのボタンを押し、到着《とうちゃく》を待ちながら昴はあっけらかんと言った。

「心配なんでしょ？　だったら会って話した方が早いじゃないっすか」

バディである昴がそう言うならと、バーナビーと虎徹も到着したエレベーターに乗り込んだ。

「たぶん今ブロッコリー湯がいてるんで」

昴は当然のことのように言うが、バーナビーも虎徹も意味が分からず聞き返す。

「ブロッ？」

「へ？」

二人のリアクションを特に気にせず昴は言葉を続けた。

「あいつの食事は全部筋肉のためなんすよ。出先でも必ず家から持ってきた茹《ゆ》でたブロッコリーとささみ食ってんすよ。家でも同じもん食ってるって言ってたんで今頃《いまごろ》は」

トーマスがトレーニングに力を入れていることはバーナビーにもわかっていた。皆が雑談しているときでもいつも筋力トレーニングボールを握っている。とは言え……。

「ストイック……」

思わずバーナビーは感想を漏らした。

「てか意外に気にしてんだな、トーマスのこと」

少し嬉《うれ》しそうな虎徹がそう指摘《してき》すると、昴は不機嫌《ふきげん》そうな表情ながらも答える。

「そりゃあ、一応バディなんで」

「へぇ」

ますます虎徹は嬉しそうな顔をする。バーナビーも、ブラックが単独で活躍したがっていた頃のことを思い出し、わずかに微笑んだ。

二人の距離《きょり》が少しずつでも縮まっているならば……まずはどちらからでも歩み寄ろうとする気持ちがあれば大丈夫《だいじょうぶ》だ。バーナビーにはそう思えるのだった。

トーマスの部屋の前まで来ると、昴はドアフォンを連打し、激しく扉《とびら》も叩《たた》く。

「おいトーマス！　トーマス！」

しかし、部屋からは何の応答もなかった。

仕方なくトレーニングセンターの休憩室《きゅうけいしつ》に戻った昴と虎徹とバーナビーは、昴の判断でカルロッタに緊急連絡《きんきゅうれんらく》をし、話をすることにした。

「トーマスが消えた!?」

カルロッタが驚き、思わず叫《さけ》んだ。

「心当たりは捜《さが》したんすけど」

昴が伝えると、カルロッタは困惑《こんわく》気味に小さく息をつく。

「どっか行くとか連絡ありました？」

虎徹も重ねて尋ねるが、カルロッタは首を横に振《ふ》る。

「私には何も」

重苦しい沈黙《ちんもく》がその場を包《つつ》み込む。

全員が俯いて思案する中、昴は顔を上げ、ボソッとつぶやいた。

「もしかして、ここから出ていくつもりかも」

「「「ええっ!?」」」

バーナビー、虎徹、カルロッタが同時に驚きの声を上げる。

「シュテルンビルトから去るってこと？」

聞き返すカルロッタに、バーナビーも先日トレーニングルームを去るときにトーマスが言っていたことを思い出した。同じことを考えたのか、昴が答える。

「ヒーローできなくなるなら他の土地へ行くってアイツ……」

虎徹がカルロッタを見やり、尋ねる。

「実家に帰ったってことは？」

「それはないです。彼に帰る場所はありませんから」

カルロッタは即答《そくとう》した。その意外な言葉にバーナビーは驚く。昴も身を乗り出した。

「でも、妹いるって！」

「それは……」

言葉を濁《にご》すカルロッタに、バーナビーは説得の気持ちを込めて切り出した。

「聞かせてもらえませんか？　トーマスのこと」

カルロッタは少し戸惑《とまど》いを見せつつも、心を決めたように話し出した。

「彼のご両親は、交通事故で亡《な》くなったんです。彼が九歳《さい》、妹さんが七歳の時でした。両親を失った彼らは施設《しせつ》に……そこは身寄りのない子どもを里親と引き合わせる場所でした」

幼いトーマスは妹のルビーを悲しませないよう、両親亡き後も気丈《きじょう》に振《ふ》る舞《ま》っていた。犬の形のグミはルビーが大好きなお菓子《かし》で、二人はそのグミを分け合い、笑顔《えがお》で食べた。

寂《さび》しい生活の中でも心安らぐひと時だった。

トーマスは「妹を守らなくてはならない」という強い意志で妹と離れることを拒《こば》んだ。妹と一緒《いっしょ》でなければ養子にはならない、と主張した彼の意志を施設の院長は尊重してくれていた。

だが、それは表向きの話だった――。

カルロッタは話を続ける。

「でもそれはすぐに裏切られた。ＮＥＸＴであるトーマスには里親がつかず、院長は妹だけを連れ出した」

「ひでえ……」

思わず、といった様子で昴がつぶやく。

バーナビーも、同じく信頼していた大人に裏切られたという意味でトーマスに共感していた。

結局連れて行かれそうになった妹のルビーを、能力を発動して取り返し、トーマスはルビーと二人で逃げた。

「飛び出した彼らはスラム街に逃げ込みました。でもそこで……」

ルビーとトーマスは見知らぬ男たちに絡《から》まれてしまう。男たちはルビーがつけていた母親の形見のペンダントに目を付け、奪おうとしたのだ。

トーマスは能力を発動させ、絡んできた男たちを追《お》い払《はら》おうとしたが、男たちは許しを請うフリをして、トーマスとルビーを銃で撃った。

不幸なことに、銃弾《じゅうだん》はルビーの足に当たり、彼女は怪我を負った――。

先日トーマスが暴行に至ってしまった状況と、妹さんが撃たれた状況はそっくりだ、とバーナビーは分析《ぶんせき》する。怪我をした女性を見たことで、彼の記憶《きおく》のスイッチが無意識に入ってしまったのかもしれないとも考える。

カルロッタは、沈鬱《ちんうつ》な表情で幼少期のトーマスの詳細《しょうさい》を話してくれた。

「犯人は警察に逮捕《たいほ》されたそうです。ただ、妹さんの足は……」

「ああ……」

聞いていたバーナビーも虎徹も、ため息を漏らす。

「妹さんは、今どこに？」

質問したバーナビーに、カルロッタは俯いた。

「事件の後、彼女だけ養子に出されて。それ以来所在はわからないって」

あまりにもやりきれない事実に、虎徹も昴も言葉を失う。

――幼い彼にとって信頼できる大人は周囲に誰もおらず、唯一《ゆいいつ》の望みだった妹さんも守ることができなかったと自責の念に駆《か》られている。バーナビーはトーマスを思いやった。

『僕は誰のことも信じない。そうやって生きてきたし、これからも生きていく』

彼の言葉が、過去を知った今、一段とバーナビーの胸に響いた。

昴も、苦しそうな表情で肩を落とす。

「あいつ、ただのエリート野郎《やろう》だと思ってた」

カルロッタは昴を気遣《きづか》うような視線を送った後、言った。

「それは会社のイメージ戦略よ。本当の彼は苦労人でね。ヒーローアカデミーの学費もアルバイトで工面したの」

「なっ⁉」

昴は短く叫び、虎徹はとても悲しげな表情でカルロッタに尋ねた。

「そこまでして、なんでヒーローに……」

「ヒーローアカデミーの校長には、『妹のような悲しい目に遭《あ》う人を増やしたくないから』と語ったそうです……」

カルロッタの言葉に、バーナビーと虎徹は顔を見合わせた。それからバーナビーはさらに気を落としている様子の昴を見る。

トーマスのことを何もわかっていなかった——。改めてバーナビーはそう感じた。マイペースでストイック、優秀《ゆうしゅう》で冷静なキャラクター……身を削《けず》るような想《おも》いをして、ヒーローであり続けようとしている彼に、自分ができることは何なんだろう。

バーナビーは言葉には出さず、思案し続けた。


一人でシルバーステージ行きのバスに乗り込んだ。

フードを被って周囲からの視線を遮断《しゃだん》し、ポケットから取り出したグミを口に入れる。犬の形をしたこのグミは、妹のルビーが大好きな菓子《かし》だった。一緒にこれを食べていた頃が、僕が唯一記憶している幸福な時期だったのかもしれない。だから、普段は筋力を鍛《きた》えるために徹底《てってい》した食生活を続けて節制しているのに、このグミだけは手放すことができずにいた。

幸せだった頃のせめてもの名残《なごり》？

自分でもうまく説明がつかないが、グミを噛んでいると何かしらの心のざわめきが落ち着いてくる。

バスが目的地に到着し、降車するお客の後ろへ僕も続いた。

――ヒーローミュージアム。

あやふやな気持ちを確かにするためにここへやってきた。過去にも迷いが生まれるとここにやってきて気持ちを振り返ってきた場所だ。

ミュージアム内をゆっくり歩いていく。『Ｍｒ．レジェンド』の歴史についてまとめた看板を横目に見て、階下へ向かう。

階段を下りていくと、黒いマントをまとい、フードを被った男性二人が、興奮気味に展示の前で話していた。

「『やっぱオードゥン、カッケ――！』」

「オードゥン最高だよね！」

二人はＬ．Ｌ．オードゥンの展示パネルのガラスに両手をつき、楽しそうに話している。熱心なファンなのだろうか。僕もＬ．Ｌ．オードゥンという存在には思うところがある。

「サイコー!!」

「サイコー!!」

「『サイコサイコサイコー!!』」

外見的には大人だが、子どものように無邪気《むじゃき》にはしゃぐ二人に僕は思わず視線を送ってしまう。

男の片方が、展示されたヘッドギアに付されたオードゥンの説明文を読み上げている。

「Ｌ．Ｌ．オードゥン……今尚《いまなお》、史上最強のＮＥＸＴに彼を推《お》す声も多い犯罪者」

するともう一人の男が続きを読み上げる。

「父親が犯罪者だったことで司法局からヒーローの認可《にんか》を受けられなかったため、違法《いほう》を承知で野良《のら》ヒーローとして活動！」

ついで二人は声を合わせて続きを読む。間合いもペースもすべてぴったり一緒だ。

「『結果として叶《かな》わなかったがＭｒ．レジェンドに戦いを挑《いど》んだ最強のライバルとも言われている』」

僕は、二人の異様な熱気に少し違和感《いわかん》を覚えた。

「やっぱレジェンドよりオードゥンだなぁ」

片方の男が嬉しそうに言い、もう一人の男がそれを受けて答える。

「そうそう。正規のヒーローじゃないってとこがまた……」

と突然、男の一人が僕を見て言った。

「いいんだよねぇ！」

「ん⁉」

僕の存在に気付いていないのかと思っていた。突然話しかけられ、困惑する。

もう一人の男が尋ねてくる。

こちらを向いた男二人のフードから覗《のぞ》く顔はそっくりで、肌《はだ》の色が抜けるように白い。

「君もオードゥン派だよね？」

「まぁ……」

思わず答えてしまった。レジェンドとオードゥンを比べると、オードゥンの不遇《ふぐう》な境遇《きょうぐう》とその信念に圧倒的《あっとうてき》に共感する。

すると二人はニタッと気味の悪い笑み《え》を浮かべた。

「よかった。違うって言われたらどうしようかと思っちゃった」

——なんだろう、この二人は。

何か本能的に危険な雰囲気を感じたが、二人は両腕《りょううで》を胸の前でクロスするオードゥンのポーズを取り、「信ずるは己《おのれ》の力のみ！」と言い合う。

「信ずるは己の力のみ！　よーし、絶対やっつけよう!!」

「「三十六人！」」

二人は「信ずるは己の力のみ！」というオードゥンの決め台詞《ぜりふ》を繰《く》り返《かえ》しながらその場から立ち去った。僕は、二人から目を離せずにいた。

小さい頃、たった一人の妹と引《ひ》き離《はな》され、妹だけ養い先が決まって出ていった日。妹のルビーは怪我をしてしまった足を松葉杖《まつばづえ》で支えながら、施設の院長に連れられて去っていった。一人施設に残った僕は窓からルビーの姿を見送って、遠ざかる姿を見たくなくて毛布をかぶっていた。

つけっぱなしのテレビからはニュースキャスターが告げていた。

『えー、本日は十年前にL．L．オードゥンが捕《つか》まった日なんですね。オードゥンは信ずるは己の力のみ！　という言葉とともに無作為《むさくい》にヒーローを狙《ねら》い、世の中を震撼《しんかん》させた犯人で……』

そのとき僕はテレビから流れる音声に惹《ひ》きつけられた。初めて知ったL．L．オードゥンという犯罪者の言葉が奇《く》しくも僕のそのときの心の在り方と深く重なったのだ。

「信ずるは己の力のみ……」

小さかった僕は泣きながらL．L．オードゥンのポーズを真似《まね》、自分の体を抱《だ》き締《し》めるようにしてつぶやいた。一人でここを去る妹を守り切れなかった自分が情けなくて、その無力さにいたたまれない想いだった。自分が強くならなければいけない。だから、僕は誰も信じない。本当に裏切らないのは自分だけだ——僕はもっと強くなってみせる。


ミュージアムを出てくると、夕方になってしまっていた。

そのまま立ち去ろうとした僕に、「すみません」と声がかかる。

振《ふ》り向《む》くと、声をかけてきたのは年配の女性だった。彼女の夫なのか、やはり年配の男性がミュージアム前の通路に座り、苦しそうな表情で女性にもたれかかっている。

「少し力を貸していただけませんか？」

「え……？」

突然のことに戸惑ったが、やはりこの助けを求められている状況を無視できなかった。僕は足を止め、話を聞く姿勢を取る。

「車で来たんですけど、この人、神経痛の薬が切れてしまって」

男性が痛みをこらえるように続ける。

「家内は免許《めんきょ》がないんです。私の代わりに運転お願いできませんか？」

僕は迷いながら、二人を見つめていた。


ジャスティスタワーの屋上。カルロッタの話を聞き終えた虎徹たちは、気持ちを落ち着けようと昴、バーナビーとともに屋上に移動した。

遠くを見つめている昴に心配そうな視線を送りながら、虎徹が口を開く。

「あんな話聞いたら、力になってやりてぇよな……」

「呼《よ》び戻《もど》せないですかね、トーマス」

バーナビーも同じ想いで頷く。トーマスがどこにいてどんな想いでいるのか、苦しみを知った今、彼に伝えてあげられることは何か。

「記事が嘘だって知ったら戻ってくんだろ」

虎徹は柔《やわ》らかい口調で言い、昴の方へ歩いていく。バーナビーは虎徹を追った。

「戻ってこなかったら？」

バーナビーがやや切羽《せっぱ》詰《つ》まった声で尋ねる。虎徹は少し考えた後、落ち着いて答えた。

「ヒーローって仕事は、強制されてやるもんじゃねぇよ。本人がどこでヒーローやってもいいって言うなら無理に戻す必要はねぇだろ」

バーナビーはその返答を「正論だ」と感じる。トーマスの希望まで汲《く》んだ大人としての正当な意見だ、と判断した。

普段なら納得して呑《の》み込むバーナビーだが、このまま何もせずにトーマスを待っていることがもどかしく思えた。

「だったら仲間としてエールだけでも送りませんか？　連日のバッシングで辛《つら》い想いをしてるでしょうから」

虎徹は思案顔になり、少しして口を開く。

「エールか……下手うつとあの暴走を擁護《ようご》してるって言われそうだけど」

再び虎徹は的確なことを言う。何か策はないかと考えている様子の昴を見つめ、その通りだとバーナビーも考えを巡《めぐ》らせながら、ふとマッティアがかけてくれた言葉を思い出した。

「言葉を使わなくてもメッセージは送れます」

「ん？」

虎徹と昴が揃《そろ》ってバーナビーを見る。バーナビーが答える前に、ＰＤＡが鳴り出した。

結局僕は、神経痛で困っている夫婦《ふうふ》の代わりに運転をして、家まで送り届けた。男性は先に薬を飲みに家に入り、僕は荷物を家の中まで運んだ。

「悪いね。運転させた上にこんなことまで」

薬を飲んで少し落ち着いたのか、男性の顔色はだいぶよくなっていた。

「いえ、自由な時間はたっぷりあるんで。じゃ」

そのまま帰ろうとした僕を、キッチンに荷物を置きながら、女性が驚いて止めた。

「待って、待って。お礼に夕食ぐらいご馳走《ちそう》させてよ！」

「いえ、僕は」

知らない人の家で夕食を食べさせてもらう義理もない。やるべきことはしたのだから、さっさと帰ろう……そう思ったが、女性が僕の腕を摑《つか》んで椅子《いす》に座らせてしまう。

「いいから座って、座って」

男性はその様子を笑いながら見ている。

「諦《あきら》めてくれないか？　ああ見えて頑固《がんこ》だから」

「……はぁ」

食事をするまでが人助けなのか？　無理に立ち上がるのも何となく気が引けた。知らない人と関わりを持つなんて、余計なことなのに。

「ねぇ、君の好きな食べ物ってなぁに？」

既《すで》に何かを作る気満々の様子で女性が尋ねる。その嬉しそうな様子に、ふと気が緩《ゆる》んだ。

「……好きな、食べ物は……」

僕の目の前には、熱々の湯気を立てたラザニアが置かれていた。緊張しながらフォークを手に取り、ラザニアを口に運ぶのを二人は楽しそうに見ている。

「どう？」

女性が気づかわしげな声で尋ねる。

僕は目を閉じた。美味《お》しい――。ラザニアは、子どもの頃からの好物で思い出の味だった。

だが、あまりにも久しぶりで、懐《なつ》かしさと美味しさで口を開くことができなかった。

「口に合わなかった？」

二人が心配そうに僕を覗《のぞ》き込んでいるのを察し、目を開けて感想を伝えた。

「いえ、感激してるんです。ラザニア、八年ぶりなんで……」

真実を言っただけなのに女性が笑う。

「もぉ、何その冗談《じょうだん》、面白《おもしろ》いね、君！」

男性もホッとした顔になり、さらに勧《すす》めてくれた。

「喜んでもらえたなら、何でもいいよ！　さ、どんどん食べて」

「はぁ……」

僕が美味しい、と言ったことをこの人たちは喜んでくれている――そんな温かい感覚はラザニアと同じぐらい久しぶりで少し照《て》れ臭《くさ》かった。

ラザニアを食べる間、夫妻の話をこれでもかと聞かされた。最初は付き合いのつもりで相槌《あいづち》を打っていたが、だんだん心が穏《おだ》やかになっていくのを感じていた。本当にこんな時間は、もう二度と来ないと思っていたのに。

「ごめんね、手伝ってもらっちゃって」

時間があっという間に経《た》ち、僕は食後の洗い物を手伝って、やるべき家事や思いつく用事をすべて終えた。

「いえ。それではそろそろ」

立ち去ろうとする僕を女性は気遣い、ソファで寝《ね》ている夫を起こしに行く。

「あ、そうだよね、バッカス起きて、送ってってあげないと！」

しかし、男性——バッカスはいびきをかき、起きる気配がない。

「大丈夫です。僕はバスで」

「え〜、だったら泊《と》まってってってよ」

女性は気さくな口調で勧めてくれる。

「でも」

まだバスも十分にある時間だ。お礼にしても十分に受け取った。

「強引《ごういん》に引き止めてもアレよね」

「今日は本当に楽しかったです」

その言葉は嘘ではなかった。仕事で冷静さを欠いて、失意のうちに過ごした一日としては上出来だった。そのとき、女性がふいに言った。

「ちょっとは元気出た？」

僕は、彼女の言葉の意味が咄嗟《とっさ》には理解できず、返答ができなかった。

「実はさ……今日、君にわざと声をかけたの」

「え？」

「すごく暗い顔でミュージアムにいたでしょ？　だから嫌《いや》なことがあったのかなぁって」

キッチンで片付け物をしながら、何気ない調子で彼女は言う。見られていたのか、と恥《は》ずかしい気持ちとそんな自分を気にしてくれたという嬉しさが入り混じる。

「そう思ったら、放っておけなくて嘘ついちゃった。君に元気になってほしくて……ごめんね」

僕は思わず拳を握りしめた。

「……僕、仕事で失敗したんです。でも信念は間違《まちが》ってないと思ってて。だからあの場所に……」

女性は俯いて聞いていたが、優しい言葉をかけてくれた。

「そう、色々あったのね……」

彼女の背後に写真立てがあることに気付く。写真立ての中には、笑顔の青年の姿があった。

「ん？　あ、それ、うちの子。全寮制《ぜんりょうせい》の学校に通っててね、全然会えてないの。だから君に声かけたってのもあったかもね」

結局——バッカス夫妻の厚意《こうい》に甘《あま》えて、今夜は泊《と》めてもらうことにした。シャワーを借りていると、ルビーのことを思い出した。

あれは、両親の葬儀《そうぎ》の日――棺《ひつぎ》の前で泣きじゃくる僕に、ルビーも泣きながら僕を元気づけようとポケットを探《さぐ》ってお気に入りのグミを差し出してくれた。

『お兄ちゃん、これあげる。だから、元気になって』

ルビーのかけてくれた言葉が、女性の言葉と重なり、自然に頬《ほお》を涙《なみだ》が伝っていた。


シャワーを浴び、自由に使っていいと通された部屋で、暗闇の中、何気なくテレビのリモコンに手を伸ばした。

スイッチを入れると『HERO TV』が放映されており、しかも既に事件は解決したらしく助かった作業員たちが喜んでいる様子が映し出されている。

『さすがはヒーローです！　大惨事《だいさんじ》になるかと思われた落盤《らくばん》事故でしたが死傷者はゼロ。作業員たちが無事を喜び合っております。それではヒーローの皆さんに話を聞きたいと思います』

思わず体を起こし、テレビ画面に釘付《くぎづ》けになる。

『まずは大活躍《だいかつやく》だったライアンさん』

実況者《じっきょうしゃ》のマリオがゴールデンライアンにインタビューをはじめる。画面に映ったライアンは『チャオ～！』と右手を突《つ》き出す。その手には――筋力トレーニングボールが握られており、ぎゅっぎゅっとカメラに向かって握ったり開いたりを繰り返す。

「……ん⁉」

僕が、使っているものと同じだ。

『今日の活躍のポイントは？』

マリオからの質問に、ライアンはボールを握りながら答える。

『そうだな。今回はチームワークがキーポイントだったかな』

『なるほどー』

ライアンが『そうだよな、皆』と他のヒーローたちに声をかける。すると、画面に映ったヒーローたち全員が笑顔で同じボールを握っているのだった。

――僕がテレビを見ていることを想定して？　……まさか。

『ヒーロー一丸となってのチームワーク！　ん～サイコーにシビれました!!』

実況者がそう締《し》めくくったとき、スマホが鳴った。カルロッタさんからの着信だ。

僕は画面に向けて筋力トレーニングボールを握っているヒーローたちを見ながら、心を決めて電話に出る。

「……はい」

『やっと出た！　あなた今どこにいるの？』

カルロッタさんの声は怒《おこ》っているが、疲《つか》れているようにも聞こえた。

「用件は何でしょう？」

『何よ、その言い方。こっちがどんだけ心配してるかわかってるの？』

「話がないなら」

そう言って通話を切ろうとすると、カルロッタさんが急いで遮る。

『待ちなさい。あんたクビじゃないからね！　ネットの記事なんて鵜呑《うの》みにしないで』

「何ですか、ネットって」

電話の向こうでカルロッタさんが小さく息をつくのがわかる。

『え、それで街を出たんじゃないの？』

「え？」

わけがわからず聞き返す。街を出る――カルロッタさんはそう勘違《かんちが》いして心配していたのか。

『……とにかく、あんたの謹慎処分は三日のみって司法局から連絡来たから。明後日《あさって》には活動再開よ』

「そうですか」

答えながら、暗い部屋の中から皆の居るシュテルンビルトを思い浮かべていた。

『市民の皆さんから復帰を望む声が届いたらしいの。それにテレビ見た？　バーナビーさんが提案したみたいよ』

ヒーロー全員が筋力トレーニングボールを握っている姿――あれは、やはり僕へのメッセージだったんだ。

『いい仲間ね。さっさと帰ってきなさい！』

そう言って通話を終えたカルロッタさんの声も、少し優しかった。

バーナビーさんの言葉がふと蘇《よみがえ》る。

『信じられる人間はいると思いますよ』

そうなのかもしれない。バーナビーさんも辛い幼少期を過ごした。そんな彼が思いやってくれるなら——少し前向きな気持ちが湧《わ》いてきたそのとき、ドクン、と心臓が大きく跳《は》ね、いわれのない眩暈《めまい》に襲《おそ》われて前のめりに倒《たお》れ込んでしまう。ぼやける視界の中でどうにか棚《たな》につかまると、引き出しが落ち、その中から写真立てがこぼれ落ちる。

その写真立てには、先程女性が「息子《むすこ》」だと言っていた青年が見覚えのない壮年《そうねん》男女二人と肩を組み、仲がよさそうに写っていた。

——この写真は、……？

明滅《めいめつ》する視界の先で、ドアが開き、バッカス夫妻が入ってきた気配を感じていた。


「やっと薬が効いたみたいだな」

一変したバッカスの声。

「ええ」

答えたのはバッカスの妻、アンジェラだ。二人は先程までの人の好《よ》さそうな柔和《にゅうわ》な顔から、別人のように豹変《ひょうへん》していた。

同時刻。ヒーローミュージアムの前で、二人の警官が通りかかった女性二人に写真を見せていた。

「この二人組見ていませんか？」

警官が差し出した写真には、アンジェラとバッカスが写っている。

「こちらで目撃《もくげき》情報があったんですが」

女性二人は「見ていない」と首を横に振る。女性たちが立ち去ると、警官たちが話し始めた。

「収穫《しゅうかく》なしか……」

二人の警官のうち、後輩《こうはい》らしき警官が写真を見つめながら尋ねる。

「でも、こいつらってただの空き巣なんすよね。なんでここまで……」

先輩と思われる警官は神妙な顔つきで答える。

「タチの悪い奴《やつ》らでな。忍《しの》び込んだ家に善良な市民を誘《さそ》い込《こ》んでその人間の指紋《しもん》をコピーして、全ての罪をなすりつけて逃げるんだ」

アンジェラは面白そうに言う。

「ヒーロー好きにお人好《ひとよ》しが多いっていうのは本当ね」

バッカスも得意げにそれに答えた。

「ミュージアムの客をカモにするってのはいいアイデアだったろ？」

アンジェラが指紋をコピーする能力を発動させる一方で、バッカスはめぼしいものをどんどんカバンに詰め込みながら話す。

「お前の能力に相手が近くにいないと使えないなんて制限がなきゃもっと楽に」

「うるさいわね。さっさと盗《と》るもんとって逃げるわよ！」

本来の仕事を終え、出て行こうとしたアンジェラがトーマスを振り返った。

「じゃあ、ラザニア君、さようなら」

そう言って立ち去ろうとした瞬間《しゅんかん》、

「……待て」

トーマスは力を振《ふ》り絞《しぼ》って二人を引き止めた。トーマスは朦朧《もうろう》とした意識の中、二人の会話を信じられない想いで聞いていた。二人は心底驚いたように声を漏らす。アンジェラが叫んだ。

「何よ！　あんだけ薬入れたのにまだ意識あんの？」

──ははっ。馬鹿馬鹿しい。

トーマスは心の中で自分を蔑《さげす》んだ。

元気になってほしい──あの言葉も、作ってくれたラザニアも全部全部嘘偽《いつわ》りだったってことだ！

「助かったよ」

「ん？」

どうにか立ち上がると、トーマスの顔には自然に笑みが浮かんできた。愚《おろ》かな自分が情けなくて、怒りが沸点《ふってん》を通り越して笑い出したくなってくる。

――あの日、思い知った筈《はず》だろ？「信ずるは己の力のみ」ってことを。

「貴方たちに出会わなければ、危《あや》うく人を信じてみようと思うところだった」

絞《しぼ》り出すようにトーマスはつぶやいた。

トーマスは能力を発動させ、部屋の中のあらゆる家具を宙に浮かべる。怒りは力となり、ベッドまでも宙に浮かせていた。

「何だよ、これ」

「どうなってんの！」

その様子に二人は混乱しているようだ。

「ま、待て！」

「落ち着いて、ね！」

慌てたアンジェラが止めたが、トーマスは両手を操《あやつ》り、様々な物体を二人の上に降らせた。

「あああああ――――！！！！」

二人の絶叫《ぜっきょう》が響くのを、トーマスは無感情に見つめていた。

完全に彼らが気絶したのを見届けると、ふらふらと外に出た。

――何故《なぜ》こんなに簡単に騙されてしまったんだろう。

トーマスは自分が情けなく、消えてしまいたい想いだった。今度こそ絶対に、失敗を繰り返さない。フードを深くかぶり、つぶやいた。

「僕はもう、誰も信じない……」


トレーニングセンターの休憩室に設置されたテレビではニュースキャスターがトーマスの復帰を伝えていた。

『速報です。話題のヒーロー、ヒーイズトーマスの復帰を司法局が決定したと発表しました、パメラさん』

すると、番組の進行役であるパメラが感想を述べる。

『ホッとしましたぁ。私、心の中では彼の復帰を待っていたんですよ』

僕と虎徹さんはテレビを見上げ、そのニュースを嬉しく眺《なが》めていた。

「市民が呼び戻してくれたってのは、流石《さすが》にアイツも嬉しいだろうな」

虎徹さんがニュースを見ながら微笑む。

「だといいですね」

僕たちが送ったささやかなエールも、彼に届いてくれたらなお嬉しいのだが……これから復帰したトーマスとまた関係を築いていければそれで十分だ。

虎徹さんは身を乗り出し、目をキラキラさせて言った。

「じゃあよ、一応一件落着ってことで、お預けになってた二人飯にそろそろ」

楽しそうな虎徹さんに、僕も心が浮き立った。

「ええ、今日の夜でも」

「お、そうか」

虎徹さんが頷いたとき、無情にもPDAが鳴った。

『ボンジュール、ヒーロー。美術館で強盗事件発生！　みんな、すぐにゴー！』

すぐに駆けつけなければならない。そう思うと同時に、また食事が延期になってしまったことを残念に思った。

だが、この事件が終わったら僕から誘《さそ》おう。そうすれば今夜、事件解決のお祝いとともに、ようやく落ち着いて二人で乾杯《かんぱい》できるかもしれない。

虎徹さんが、そんな気持ちを察してか張り切ってポーズを取る。

「よーし、ワイルドに吠《ほ》えますか！」

僕も事件に気持ちを集中させ、大きく頷いた。

「ええ！」

★★★

シュテルンビルトの快適なホテルの部屋の中。

僕とフガンは、バディヒーローカードでこの街のヒーローたちを暗記し合っていた。

「よし覚えた！　もう完璧《かんぺき》！」

フガンがそう言うので、僕は問題を出す。

「じゃあさじゃあさ、こいつの名前は？」

僕が持っているカードには『ワイルドタイガー』とかいうヒーローが写っている。有名なのかな？　この人。フガンはカードを見て答える。

「えー、グリーンなんとか」

「ブブ～」

全然頭に入ってないじゃないか。フガンはさらに答える。

「グリーンマスク」

「ブブ～」

「ザ・グリーン」

「グリーン離れて」

僕たちが言い合っていると、奥《おく》の椅子に座っていたブラーエおじちゃんが立ち上がった。

「もう名前は覚えたか？」

僕は答える。

「全然ダメ～」

フガンは僕の手からカードを取ってじっと見つめる。

「もう適当にこの……タイガー＆バーナビーってヤツらからぶっ倒《たお》そうよ」

僕はフガンの言うことなら賛成だった。

「うん、もう襲ってもいい？」

ブラーエおじちゃんに尋ねると、おじちゃんは穏やかに笑ってテレビをつけた。

「いつでもはじめなさい。居場所ならこれでわかるよ」

ん？　おおお。

僕もフガンもテレビ画面を食い入るように見つめる。そこには美術館で人助けをしているヒーローたちが映っていた。

『おっと、ここで人命救助だ！　ロックバイソンが美術館から……』

声の大きなおじさんが実況していたが、テレビの中からドーン！　と大きな爆発音《ばくはつおん》が聞こえる。

『一体、何が!?』

「お？」

テレビの中では美術館が爆発して煙《けむり》がモクモク出ていた。フガンが不思議そうに言った。

「何だあれ？」


美術館での強盗事件の現場にかけつけたバーナビーとワイルドタイガーは、人命救助と美術品の回収の二手に分かれた。バーナビーは職員の女性を避難《ひなん》させようと展示室へ向かい、そこで予期せぬトラブルに見舞《みま》われた。

――何とか間に合ってくれ。

バーナビーはそう願い、天窓に向かって大きく跳《と》んだ。

だが最後にバーナビーが聞いたのは耳をつんざくほどの爆発音と、ワイルドタイガーが彼を呼ぶ声だった。

「バニー！！！」

バーナビーの体は凄《すさ》まじい爆風《ばくふう》に吹《ふ》き飛《と》ばされ、炎《ほのお》に包まれ――そこで彼の意識は途絶《とだ》えた。


アプトン研究所。その暗い室内では研究中のマッティアが激しく咳き込んでいた。マッティアは棚にもたれかかり、その拍子《ひょうし》に液体の入ったビーカーがいくつか倒れてしまった。

「う……」

苦しさにくずおれるマッティアをよそに、倒れたビーカーからこぼれた液体が地面に向かって流れ、下のビーカーの液体に混ざり合った。

すると混ざり合った液体は青白い光を放ち、やがて紫色《むらさきいろ》を帯びた光に変わっていく。

その予期せぬ変化を、マッティアは虚《うつ》ろな目で見つめていた。

マッティアもまた、度重《たびかさ》なる研究で自らの体を酷使《こくし》し、意識を手放そうとしていた。

≫ 第９話

Have not thy cloak to make when it begins to rain.

（雨が降り始めてからレインコートを作らせるな）

★★★

テレビ画面には大きな爆発《ばくはつ》の起きた事後の映像が映し出されている。ずっと僕《ぼく》たちは画面に釘付《くぎづ》けで、様子を見守る。

爆発の衝撃《しょうげき》で窓が割れ、火の手が上がっていた。大量のガラスが吹き飛《ふと》んで、キラキラと落下する様子は何だか綺麗《きれい》だ。

爆風《ばくふう》の中から屋根を突《つ》き破《やぶ》って、ボロボロになったヒーロー——さっき見ていたグリーンなんとかのバディ？　っぽいヤツが転がり出てきた。

もう能力も消えて、再起不能な状態に見える。

テレビを見つめていたフガンがつぶやいた。

「あら～弱っちい」

僕も、がっかりしてため息が出る。

「僕らがやる前にやられちゃった」

何だ。シュテルンビルトのヒーローって、大したことなさそう。

僕とフガンは、他のヒーローたちの様子をよく見ようと身を乗り出した。

パトカーのサイレンが響《ひび》く中、ワイルドタイガーは倒《たお》れているバーナビーに駆《か》け寄《よ》る。

ワイルドタイガーは途中《とちゅう》からサイレンや周囲の喧騒《けんそう》がまったく耳に入らないほど、動揺《どうよう》していた。

爆発によって吹き飛ばされたバーナビーは、天窓のガラスを突き破って地面に叩《たた》きつけられ、ワイルドタイガーの目の前でピクリとも動かない。

駆け寄ったワイルドタイガーは必死に叫《さけ》んでいた。

——おい、冗談《じょうだん》だろ？　これは悪い夢か？

頭の中では現実だとわかっているのに、ワイルドタイガーは目の前の事態をすぐには受け入れられなかった。

「バニー！　しっかりしろ！」

ワイルドタイガーは声を振《ふ》り絞《しぼ》り叫び続けていた。

バーナビーは直ちに病院に緊急搬送《きんきゅうはんそう》され、集中治療室《ちりょうしつ》に入ることになった。虎徹《こてつ》はどういう経緯《けいい》でバーナビーを見送ったのか、あまりにも無我夢中《むがむちゅう》だったためにぼんやりとしか覚えていない。

間を置かず虎徹と――バーナビーと謹慎中《きんしんちゅう》のトーマスを除くヒーロー全員が司法局の会議室に集められ、状況《じょうきょう》説明が行われていた。アニエスの隣《となり》には管理官のユーリ・ペトロフが、顔色一つ変えずにヒーローを見据《みす》えている。

「現在バーナビーは予断を許さない状況だそうです」

映像を映し出す大型モニターの横に立ち、アニエスはタブレットを手に説明する。

「尚《なお》、逃走中《とうそうちゅう》の犯人ですが、指名手配中のＮＥＸＴ、ビンセント・カールだと判明しました。彼《かれ》は金品の強奪《ごうだつ》後、爆発を起こし、その隙《すき》をついて逃亡《とうぼう》する強盗《ごうとう》殺人犯です」

険しい表情でアニエスはそう伝え、タブレットで映像を選択《せんたく》した。

映し出されたのは強盗犯のビンセントが大型金庫内に現れる場面の映像だった。ビンセントが金庫の取っ手に触《さわ》ると、それが光りはじめる。そしてその光が収まると、ビンセントは立ち去った。ここで映像は一旦《いったん》早送りになり、再び通常再生されると走ってくる警備員が映った。警備員は異変がないかの確認《かくにん》のためだろうか、金庫の扉《とびら》に触《ふ》れると扉が発光し、次の瞬間《しゅんかん》大爆発が起こった――。

虎徹、及《およ》びその場にいたヒーローたちが映像の一部始終を見て呆然《ぼうぜん》とした。ビンセントが金庫の取っ手に手を触れたところで映像をストップさせ、アニエスは説明を続けた。

「能力は、触れたものを爆弾《ばくだん》に変えること、以上です」

その場に立ち、映像を確認していたヒーローたちから驚《おどろ》きの声が漏《も》れる。

続いてユーリが、一歩前に進み出た。

「では、本件の確認を致《いた》します。出動命令を受け、貴方《あなた》たちが現場に到着《とうちゃく》すると、既《すで》に美術館から火の手が上がっていた。そこで、美術品の保護と、逃走した犯人の追跡《ついせき》の二手に分かれた。この時、バーナビーは能力を発動……」

虎徹はユーリの状況確認を聞きながら、事件発生時の状況を思い出していた。


既に激しく燃えている美術館の館内に、ワイルドタイガーとバーナビーは走って入ってきた。

バーナビーは救助の現場に踏《ふ》み込《こ》む前に能力を発動させ、ワイルドタイガーに言った。

「急ぎましょう」

「おう！」

ワイルドタイガーは答え、急いでスピードを上げて走るバーナビーの後を追ったのだ――。

回想する虎徹の傍《かたわ》らで、ユーリは確認を続ける。

「その時、聴力《ちょうりょく》が上がった彼の耳に人の声が聞こえた……彼は美術品の回収をワイルドタイガーに任せ、救出へ向かうことにした」

先に走っていたバーナビーの耳に、「助けて」と叫ぶ女性の声が聞こえた。

「んっ⁉」

バーナビーはそれに反応し、方向転換《てんかん》して救出に向かおうとした。彼の行動を察したワイルドタイガーは身を乗り出し、炎《ほのお》が燃《も》え盛《さか》る行く手を見つめた。

「だったら俺《おれ》も行く！　はぁぁ……」

ワイルドタイガーは能力を発動させようとしたが、途中でバーナビーがそれを遮《さえぎ》る。

「待ってください。虎徹さんは、万が一のために能力の温存を」

「でもよ……」

ワイルドタイガーは少し迷ったが、バーナビーの判断が正しいと考えた。

「こちらは任せてください」

バーナビーは力強く言い放ち、急いで美術館の奥《おく》の展示室へと走っていった。炎に包まれるようにバーナビーの姿は消えた。

「頼《たの》んだぞ」

――俺の能力がもつのはたったの一分だ。タイミングを慎重《しんちょう》に選ばなければならない。

ワイルドタイガーはつぶやき、自分の任務を果たすべくバーナビーとは反対方向へ走った――。

「救助された美術館員の証言によると、バーナビーは彼女《かのじょ》を保護した後、逃げるよう提案したようです……」

ユーリが証言に基《もと》づく状況説明をする中、虎徹も単独行動をしていた際のバーナビーの状況を想像していた。

奥の回廊《かいろう》から走って展示室に入って来たバーナビーは、そこで炎に囲まれ怯《おび》えている女性職員に避難《ひなん》を促《うなが》した。

「大丈夫《だいじょうぶ》ですか？　すぐに出ましょう」

しゃがみ込んでいた女性は、バーナビーの誘導《ゆうどう》で立ち上がりながら、何かに気付いたように短く声を上げると、手すりをくぐって展示品のケースの中から古い壺《つぼ》をそっと持ち上げる。

「この子も一緒《いっしょ》に」

女性は壺を手に、バーナビーの方を振《ふ》り返《かえ》った。

「しかしおそらくビンセントが爆弾に変えていたんでしょう」

女性が手にした壺が光り出し、彼女は驚きの声を上げる。

「あっ、危ない！」

バーナビーはその壺が爆弾であると察知し、女性からそれを奪《うば》うと、彼女からできるだけ遠ざけようとした。だが、無情にもバーナビーの能力は終了《しゅうりょう》目前だった。

虎徹はバーナビーの心中を慮《おもんぱか》る。

――焦《あせ》っただろう……。

『爆発物を検出。能力終了五秒前』

音声ガイドを耳にしたバーナビーは驚きで目を見開く。しかし最後の五秒になっても諦《あきら》めず、バーナビーは天窓を見つけそこから爆弾に変えられた壺を外へ投げようとした。

『五《ファイブ》、四《フォー》、三《スリー》、二《トゥー》、一《ワン》……』

しかし、そこで爆発が起き、爆弾を抱《かか》えたバーナビーもろとも炎に呑《の》み込まれ吹き飛ばされたというわけだ。

「体へのダメージを見るに、爆発の直前に能力が切れたと考えられます」

ユーリもまた、淡々《たんたん》と事実を告げる。

虎徹はバーナビーを守れなかった悔《くや》しさと犯人への怒《いか》りで、思わず強く歯を食いしばった。

「……っ！」

「この爆発の混乱に乗じて犯人は逃走し、現在に至る」

「ええ」

ユーリが言い終えると、アニエスが頷《うなず》く。

虎徹だけではなく、他のヒーローたちも皆《みな》、悔しさとやり切れなさを滲《にじ》ませた表情で立っている。

「皆さん、各々《おのおの》思うところはあるでしょうが、くれぐれも個人的感情に走らないように」

皆はそれぞれ頷いたが、管理官の冷静な目は、心中の動揺を見抜《みぬ》いているようにも虎徹には思えた。

虎徹は、歯がゆさを隠《かく》し切れずにいた。

俺がバニーと一緒に救助に向かっていれば。

俺が爆弾を持ち出す手助けができていれば。

現実を直視しなければならないのに、後悔《こうかい》ばかりが彼の頭の中を巡《めぐ》っていた。

バニーの手術の付《つ》き添《そ》いをしてくれているロイズさんから連絡《れんらく》を受けた時には翌日になっていた。病院に駆《か》け付けると、バニーがベッドで眠《ねむ》っていた。頭部に包帯を巻き、呼吸器を装着している姿に、改めて胸が痛む。

バニーの病室——集中治療室だ——はガラスで隔《へだ》てられ俺たちはまだ近寄ることができない。ガラス越《ご》しにその姿を見守るしか術がなかった。

俺と、謹慎中のトーマスを除くヒーロー全員にロイズさんも加わり、ドクターからの説明を聞いていた。

「傷自体は心配ないのですが、どうも頭部に強い衝撃を受けたようで、意識の方が……」

ドクターの説明に、ロイズさんが恐《おそ》る恐《おそ》る尋《たず》ねる。

「と、言いますと……？」

「目覚めるまで数日、あるいはひと月、下手すると一年以上ということも……」

ヒーローたちが、その説明に驚いて声を上げる。

俺ももちろん聞いていたが、俺が必要以上に動揺したら皆が余計に不安になる。そう思って、少し離《はな》れた壁《かべ》にもたれて俯《うつむ》いたまま耳を傾《かたむ》けていた。

「覚悟《かくご》しておいてください」

そう言い置いて去っていくドクターと看護師を、ロイズさんが追いかけていった。

「あの先生！　目が覚めない可能性もあるのでしょうか？」

俺を除くヒーロー全員がガラスに向かいバニーを見守る中、正直居てもたってもいられない気分だった——。

と、俺の行動に気付いたブルーローズが声を上げる。

「あんた何やってんの？」

「えっ？　いや、いつもバニー、触らせてくんねぇからさ」

俺は預かっていたバニーの眼鏡を拝借し、ヤツの真似《まね》をしてキリッと眼鏡を上げる仕草をする。

「だからって今やんなくても」

「そうですよ」

ドラゴンキッドが少し笑った顔で言い、折紙《おりがみ》も同意する。

「何やってんだよ」

「まったく……もう、まったく！」

アントニオとスカイハイも笑いながらツッコんでくれた。

「悪かった悪かった。じゃ、帰るわ」

皆のリアクションに少し励《はげ》まされたが、俺は頭を掻《か》くとその場から立ち去ることにした。

「え、ついててあげないんですか？」

驚いた顔でキャットが尋ねてくる。

俺はバニーの眼鏡を外し、胸ポケットにさすと、できるだけ明るい声で答える。

「いつ出動要請《ようせい》あるかわかんねぇから休まねぇとさ、おっさんなんで。お先〜っ！」

そうやって精一杯《せいいっぱい》暗くならないように振《ふ》る舞《ま》ったつもりだが、本当はこの場に居ることが苦しかった。逃げ出すわけじゃないが、俺は背を向けて立ち去る。

病院に来ると、先の見えない不安に急に呑み込まれそうになる。

だが、バニーは必ず元気になる。それを信じられないでどうする！

俺は頭の中に浮《う》かんでくる不安を無理に振《ふ》り払《はら》った。そして、こうしている間にもバニーに報《むく》いる行動をしなきゃなんねぇ、と焦っていた。


そう言い置いて去っていった虎徹の背中を見ながら、昴《すばる》がつぶやいた。

「……なんか意外だな。あの感じ」

「うん」

ララも昴に同意して頷く。

「ルーキーズは、まだあのおじさんのことわかってねぇんだなぁ」

そこへライアンがすかさず声をかける。ライアンには虎徹が一番落ち込んでいるにもかかわらず、周囲に気を遣《つか》わせまいと気丈《きじょう》に振る舞っていたことがわかっていた。

それだけに黙《だま》ってはいられなかったのだ。

キョトンとした顔でいる昴とララに、やはり理解しているネイサンがフォローの言葉をかける。

「気ぃ遣ってくれたのよ、タイガーは」

「〝っだ、暗い顔してないで元気出せよ〜〟って……ところですかね？」

イワンもネイサンに続き、虎徹の心中を気遣《きづか》って発言した。

「ん？」

それらを聞いた昴は、彼なりに虎徹の行動の意味を考えているようだ。

皆の会話を聞きながら、カリーナは人一倍心配している表情を浮かべている。

「ホント、馬鹿なんだから……」

ヒーローたちを気遣う虎徹をまた気遣うカリーナは、愁《うれ》いを帯びた目で、去っていく背中を見つめていた。

「フッ」

ライアンは彼女の言葉に、こんな時にもかかわらず口元が綻《ほころ》んでしまう。

——けど、おっさん……あんまり自分を責めんなよ。俺が同じ立場だったとしたら、あんたのように明るく振る舞えるかわからない。

俺たちも、ジュニア君をあんな目に遭《あ》わせたビンセントを放っちゃおかないからな……。

内心ではライアンも、怒りの炎を静かに燃やし続けていた。


虎徹は雨が降る中、往来で道行く人に声をかけていた。

「すみません、この男、見かけてませんか？」

声をかけられた男性は「知らない」と手振《てぶ》りで示し、早々に立ち去る。虎徹はそれを見送り、また違《ちが》う人を呼び止める。急ぎ歩く人たちが、虎徹の声に立ち止まらずに通り過ぎる。


「本当は心配だろうね、ワイルド君」

キースが心配そうに言う。

作戦会議をしているネイサンとキースがソファで向かい合い、虎徹の心中を想《おも》っていた。

「そうねぇ……こんなことが起こる覚悟はしてただろうけど」

ソファにもたれ、天井《てんじょう》を見上げながらネイサンは物憂《ものう》げに答える。

「もし私が、彼と同じ立場なら……」

苦渋《くじゅう》にみちた表情でキースは窓の外に視線を向ける。ネイサンも同じく窓の外に目をやった。


時を同じくして、イワンとアントニオも作戦会議をしていた。

「きっと耐《た》えられませんよ。バーナビーさんの意識だけでも回復してくれたら……」

虎徹を慮り苦しそうに告げるイワンに、アントニオも心配そうな表情で頷く。

「ん……虎徹も少しは安心できるんだがな」


降っていた雨がますます強くなってきやがった。まるで、俺の沈《しず》んだ心ん中を表しているみたいに。

だが俺は、雨に濡《ぬ》れるのも構わず道行く人にスマホを見せる。スマホ画面には、爆弾魔《ばくだんま》・ビンセントの顔写真を表示させていた。

俺の声かけに立ち止まってくれた男の人は、しかし首を横に振る。

「見てないっすか……ありがとうございます」

スマホをポケットに収め、立ち去ろうとすると男の人は俺を呼び止めた。

「あの、ついでに写真いいっすか？」

「え？」

俺はアイパッチを付け、『ワイルドタイガー』として一緒に写真に収まった。

「ニュース見ました！　バーナビーの分まで頑張《がんば》ってください！」

「ああ……」

決して悪気はないのだろう。聞き込みに協力してくれたこともありがたい。

……けど、今の俺には明るくお礼を言う余裕《よゆう》もなくて力なく笑い返す。

「ん？」

と、次の瞬間、ＰＤＡが鳴る。応答すると、アニエスの画像が映し出された。

『ボンジュール、ヒーロー！　イーストシルバー二十四ブロックでモノレールがタワークレーンの倒壊《とうかい》により、宙吊《ちゅうづ》りになっているみたい。すぐ現場に急行して！』

「了解《りょうかい》！」

俺は事故に意識を集中させ、現場に向かって走った。

現場に到着すると、まず耳に入ってきたのは市民たちの悲鳴だった。

建設中のビルからタワークレーンが倒れ、モノレールを直撃《ちょくげき》し、脱線《だっせん》したモノレールの一部分が宙吊りになっている状態のようだ。

建設現場から鉄パイプなんかが落下して、地上にいる市民が大騒《おおさわ》ぎになっているし、モノレールに乗っている人たちもまた危機的な状況だった。

だが、見る見る地上に氷が広がり、市民たちが逃げていく。ブルーローズが落ちてきた鉄材から人々を守るために凍《こお》らせたんだ。

「うォっ〜しぃ〜！」

ビルの上では、気合いを入れたロックバイソンが太いクレーンの鉄骨を摑《つか》み、倒れたクレーンを持ち上げようとしている。

一方、モノレールの方は……運転席のガラスが割れ、運転手が危《あや》うく落ちそうな状態でいる。

しばらく彼は持ちこたえていたが、落下してしまった。

「ハ――イ」

と、そこへ救助に現れたのはスカイハイ。

だが、運転手の体が引っ張られ、地面ではなくそのまま横に移動するような形で飛んでいった。スカイハイは減速し戸惑《とまど》いの視線を送ると、そこには運転手をキャッチしたトーマスがいた。サイコキネシスを使って運転手の体を自分の方へ引き寄せていたようだ。

トーマスとスカイハイの救助活動が噛《か》み合《あ》わない形になり、スカイハイがほんの少し困惑《こんわく》している。

と、そうこうする間にモノレールはズルズル下に落ち始め、乗客たちの悲鳴が大きくなる。

ここは俺の出番だ。

「待ってろ！　今助けるからな！」

俺は能力を発動させると、ビルの端《はし》からワイヤーを発射し、モノレール本体に巻き付ける。

ピンとワイヤーを張ると、それ以上の落下は止めることができた。そして乗客たちが悲鳴を上げる中、ワイヤーを摑む手に力を込める。

「クッ！　おっらぁぁあぁ――!!」

俺は足を踏《ふ》ん張《ば》り、両手でワイヤーを強く引っ張った。

よっし、もう少しだ！　全身にのしかかるワイヤーの重さに耐えつつ、歯を食いしばった――。

救出活動は明け方まで続き、何とか無事に事故は収束を迎《むか》えた。

「やっぱ一人だとキツイわ……」

明け方。事故の処理を終えて、俺はまっすぐバニーの病室に向かった。バニーは相変わらず、穏《おだ》やかな表情で眠ったままだ。

「ハハ、手なんか痺《しび》れちまってよ、まだ治んねぇんだよ……」

俺は、バニーに見えるわけでもないのに「左手が痛い」っつうジェスチャーを交えて報告した。で、やっぱりバニーは無反応なんだ。思わず俺はバニーの眼鏡をギュッと握《にぎ》る。

「早く起きろよ……飲みに行くんじゃなかったのかよ」

いつだって行ける、って言ってたじゃねぇかよ……。

眠っているバニーの、脈拍《みゃくはく》を知らせる機械だけが動き続けていた。

なぁ、バニー。絶対このままじゃ済ませないからな。

俺がいい報告を持ってくるから、そのときには笑って聞いてくれよ。


意識を回復したマッティアは病院に入院していた。

ＮＥＸＴ能力を持たない人に能力と同等の力を開花させる――そんな薬を開発するために、

連日遅《おそ》くまで研究室に残り、実験を繰《く》り返してきた。

今までの実験では成果が現れなかったことから、次第《しだい》に自分の体を実験の対象にするようになった。思った結果が現れなければ、少しずつ薬の調合を変える。そうやって投薬を続けているうちに倒れてしまったのだった。

見舞《みま》いにやってきたアプトン研究所の所長、ランドルにマッティアはまず謝罪した。

「ご迷惑《めいわく》をおかけしました」

「ドクターから聞いたよ。血中の数値に異常があるらしいね」

ランドルの視線は、マッティアの左腕《ひだりうで》に注がれる。左腕には注射の痕《あと》が痣《あざ》のように残っていたため、マッティアは急いでめくれていた袖《そで》を直して隠す。

「無茶してくれるね」

「すみません……次は慎重に」

マッティアが言いかけると、ランドルは強くそれを遮った。

「次なんてない!!」

「え?」

そう言った後、ランドルはマッティアのベッドに両手をついて、うなだれた。

「明日、出資者が見学に来ると連絡があった。研究から撤退《てったい》するつもりだな」

——そんなに急に!?

これまでも研究の成果を急ぐようプレッシャーをかけられてきたが、そんなに急な話だとは聞いていなかった。

「でも猶予《ゆうよ》は二ヶ月あるって……」

ランドルは呆然とした表情でゆっくりと体を起こす。

「何の可能性も感じていないんだろう。くそ……私財をなげうってこの研究にかけてきたのにそれが全てパーだ……」

両目を手で覆《おお》い、ランドルは静かに泣きはじめる。

研究を半ばにして諦められるわけが――マッティアはそう考えかけて、まだ可能性はあることを思い出した。

先日、誤って試薬が別の試薬と混ざり合い、化学変化を起こしたのだ。あの薬については、まだ何の実験もしていない。

「もう一度だけ、薬を試《ため》してください！」

マッティアの言葉に、ランドルが顔を上げる。

「可能性が低いことはわかってます！　でも、諦めたくないんです！」

マッティアは必死にランドルに頼みこんだ。

NEXTと非NEXTの垣根《かきね》をなくしたい――楓《かえで》やサロジャやバーナビーに伝えた想いをマッティアは絶対に無駄《むだ》にしたくはなかった。

★★★

俺たちは誰《だれ》もいない夜の病院にやってきた。夜の病院は静かでワクワクする。

俺はムガンと一緒に、ベッドに眠っているヒーロー――この間の爆発で吹《ふ》っ飛《と》ばされた弱いヤツ――を覗《のぞ》き込んだ。

「「おはよう、バーナビー」」

「朝だよ～」

ムガンが声をかけるけど、バーナビーは目を開けない。俺も様子を観察していた。

「寝《ね》てるねぇ」

せっかくやってきたっていうのに、つまんないなぁ。

なんて思っていると、ムガンが俺を見つめ、提案してきた。

「どうする？　このままやっちゃう？」

せっかくの提案だけど俺は答えた。

「んー、こんなに弱ってるヤツやっつけても楽しくないよ」

俺とムガンはどちらからともなく顔を見合わせて笑った。

「じゃ、別のヤツいっとく？」

「誰にしよっかなぁ～」

ユーリとアニエスから呼び出された虎徹は、司法局の管理官の執務室《しつむしつ》にいた。

ユーリは、ＰＣを操作してモニターに写真を投影《とうえい》させる。

「これは昨夜の貴方ですよね？」

モニターには聞き込みをしている虎徹の姿が映っている。写真に驚きつつも、言い訳のしようもなく虎徹は答える。

「はい」

「こちらの写真は？」

ユーリが示した写真には、先日男性に頼まれて一緒に撮影《さつえい》した虎徹が写っていた。

「これも俺です」

力なく虎徹は答えた。

アニエスが強い口調で言い、ユーリも補足する。

「ＳＮＳで噂《うわさ》になってるのよ、ワイルドタイガーが事件の捜査《そうさ》してるって。ヒーローに捜査権はないの！　わかってるでしょ？」

「警察から越権行為《えつけんこうい》だと苦情が」

「じゃあ……捜査はもうやりません！」

――規則は規則。破ったのは俺が悪い。

それは虎徹も潔《いさぎよ》く認めるところだった。謝罪すると出口に向かって歩きかける。

「でも、ヤツは見つけます！　プライベートでたまたま発見したなら問題ないですよね。失礼します」

「は？　あんたねぇ……」

アニエスが咎《とが》めるような声を出したが、虎徹は構わず出口へ進む。

「ちょっと待ちなさい！」

アニエスの声を無視して、虎徹は部屋を去った。管理官の突《つ》き刺《さ》さるような視線も背中に感じていた。

――きっと管理官たちは、俺がバーナビーの件で動揺していると判断しているのだろう。管理官が疑っているというバディという仕組みそのものが、今回のことで問われるかもしれない。自分の行動が軽率《けいそつ》だと言われ、他のヒーローたちも監視《かんし》を受けるかもしれない。それは虎徹としてもまったく望むところではなかった。

――だが、じっとなんかしていられるか。

これからは規則を破らない範囲《はんい》でできる行動をする。絶対に俺が犯人を見つけてみせる。

司法局の廊下《ろうか》には、バディシステムのポスターが貼《は》られている。それぞれのバディヒーローたちのポスターの中で、『タイガー＆バーナビー』のポスターが視界に入るのを感じながら、虎徹は廊下を足早に歩いて行った。

虎徹が出て行ってしまうと、執務室に残っているユーリは視線を出口に向けたままアニエスに問う。

「あなたの目には、どう映りましたか？」

バーナビーが爆発事故に巻き込まれてからの虎徹の反応と行動は、ユーリが予想した範囲内の事態だった。

アニエスは厳しい表情で答える。

「やはり、冷静さを失っているようですね。相棒がやられて」

「これこそが私が危惧《きぐ》していたバディシステムの弊害《へいがい》です」

彼女を見据え、ユーリは迷いなく言葉を続けた。

「バディというのは、互《たが》いを補い合うという利点があります。しかし、パートナーがいることで軋轢《あつれき》を生み出したり、判断を誤るという欠点もある」

アニエスは口をつぐみ、ユーリの動向を窺《うかが》う。

「近々私は判断を下すつもりです」

言いながらユーリは机の上に書類を置く。書類には『バディシステムの解体提案書』と書かれていた。アニエスは、無言のままそれを見つめる。

「この書類を提出するか、今後のヒーローの活動を見て……」

——私に納得《なっとく》させて欲《ほ》しい。

ユーリはそう考えていた。

『ヒーロー』が『バディ』である必然性を。

そしてさらに言うならば、正しい『正義』の在り方というものを——。


トレーニングセンターのシミュレーションルームで、いつものようにパオリンとラーラは二人で実戦練習をしていた。

バーナビーが負傷する事態があってから、ヒーローたちが動揺していることをパオリンも感じ取っていた。しかし、今大きな事件が起きたら、バーナビーの不在がかなり痛手になることも確かだ、と彼女は考える。

彼が戻《もど》ってきたとき、明るく迎え入れられるよう、そして不在をしっかりカバーするため今はトレーニングに励むしかない。

パオリンは気を引《ひ》き締《し》めると、棍棒《こんぼう》を前方に出し、構える。

「よし来い！」

向かい合うラーラは気合いの入った顔でステッキを構える。

「いきます！　やぁぁぁ！」

「お？」

水圧を受け止める覚悟をしていたパオリンだが、ラーラの手からはチョロチョロと弱い水が出ただけだった。

——彼女は心の状態が安定していないと、能力を十分に発揮できない。こんな混乱した状態では無理もないのかもしれない。

パオリンは顔には出さずにラーラを気遣う。

「……すいません」

じっと自分の手を見てから、ラーラは申し訳なさそうに謝《あやま》った。

「謝らなくていいよ、もう一回やろう」

パオリンは明るく言うと、棍棒を立てて構え直す。

しかしラーラはすぐに動こうとはしない。左手を見つめ、不安そうに顔を上げる。

「キッドさんは怖《こわ》くないんですか？」

「バーナビーのこと？」

構えていた棍棒を置いて、パオリンは話を聞く姿勢を取る。

「あんなに凄《すご》い人でもやられちゃうんですよ。そう思ったら私……」

泣きそうになっているラーラを見て、自分がしっかりしなければ、とパオリンは気持ちが奮い立った。

——だってボクはキャットの先輩《せんぱい》だし、それより何より相棒なんだから——。

「……じゃっじゃじゃーん」

ポケットをゴソゴソ探《さぐ》ると、パオリンはとっておきのお守り袋《ぶくろ》を取り出す。ラーラがキョトンとした顔でそれを見つめていた。

「ん？」

「本当に困ったときは中を見て！」

そう言いながら、パオリンはラーラのステッキにお守り袋を結びつけた。

「これでよしっと！　ホァン家に代々伝わる『勇気が出るおまじない』が入ってるから」

ラーラのステッキについている猫《ねこ》のマスコットの首に、お守り袋が揺《ゆ》れている。

こんな些《さ》細《さい》な励ましかできないけど――。

パオリンは微《ほほ》笑《え》みながら、ラーラを見守る。

「ありがとうございます！」

笑《え》顔《がお》になったラーラを見て、パオリンは胸を撫《な》で下ろした。

――よかった。今が――いや、これからがもっとしんどいかもしれないけど、一緒に頑張ろう。

パオリンは自分にも言い聞かせるつもりで、心の中でつぶやいた。

一方、ラーラはお守りを見つめながら、母親のザミラに言われた言葉を思い出していた。

『一度いい顔されたからって油断しちゃダメ』

「うっ……」

ラーラはザミラの言葉を忘れることができず、表情を少し曇《くも》らせた。

カルロッタが運転する車の中で、昴はまっすぐ前を向いて筋力トレーニングボールを握りしめているトーマスに話しかけた。

「なぁ、ヒーロー活動に活《い》かせると思って調べてみたんだ」

昴はタブレットを取り出し、画像を見せながら話す。トーマスは一応、タブレットに視線を合わせる。

「NEXTっていろんな特徴《とくちょう》があってよ。決まった体勢でしか能力出せないヤツとか、タイガー先輩みたいに時間制限があるヤツがいたり。あと、面白《おもしろ》いのが……何かをしてる間だけ能力を出せるってパターン」

タブレットをスワイプさせて画像を見せる。

「例えば、目を閉じてる間とか息止めてる間とか？」

トーマスはボールをぎゅっぎゅっと握り、昴に尋ねた。

「なぜこれを僕に？」

「その……バーナビーさんがあんなことになったろ？　だから今後は俺らも絆《きずな》を深めて？　協力していかないと、と思ってよ」

実際、昴は負傷してしまったバーナビーにかなりのショックを受けていた。

――あんだけ強くて頭がよくて、完璧《かんぺき》に見えるバーナビーさんでもあれだけの大怪我《けが》を負うことがあるんだって……それを考えたら、今俺らにできることは何でもやっておかないと。

昴は同時に焦りを覚えていた。

「僕は一人でいい」

しかしトーマスは、バディを組んだころと何も変わらないように見える。

——俺だって悩《なや》んで変わろうとしてるし、お前と少しでも関係をよくしていきたいんだよ。

トーマスの返答に昴は苛立《いらだ》った。

「いやお前、よくそうやって言うけど、最近マジで浮いてきてんぞ」

「ん？」

「美術館の事件では、戻ってなかったから仕方ねぇとしても、謹慎明けのこないだの事故でも個人プレーに走ってるしよ。やっぱこのままだとよくねぇと思うんだよ。だからもう一回バディとしてさ……」

昴はこの機会にトーマスに必死に歩み寄ろうとしていた。しかし熱意も空《むな》しく途中でトーマスに遮られる。

「今日の君は変だ」

「ん？」

トーマスはまったく表情を変えず、いつも通り深くかぶったフードも外さない。

「僕らはビジネスパートナー。そうだろ？」

「そうは言ったけど……」

——あのときと今じゃ、全然状況が違《ちげ》ぇんだよ！

昴は心の中で叫ぶ。

「何か聞いた？　僕のこと」

「うっ⁉」

トーマスが鋭《するど》く切り込む。図星すぎて言葉に詰《つ》まったが、昴は何とか立て直す。だがトーマスは続けて聞いてきた。

「同情したのか」

「違ぇよ！　俺はただ、お前のことすげぇと思ったんだよ！　努力とか半端《はんぱ》ねぇし……だから相棒として改めて一緒に」

――過去を知ってトーマスへの見方が変わったのは本当だ。だけど、単なる同情なんかじゃない。同情するほど俺はトーマスを上から見られる立場じゃねぇし、ヒーローを続けてる本当の理由に共感したから……。

しかし昴の想いは通じず、そればかりか拒絶《きょぜつ》の言葉まで投げつけられる。

「言ったよね、僕は一人でいいって。君は邪魔《じゃま》なだけだ」

「邪魔？　なんだよそれ」

――俺の存在なんて、必要ないって言うのかよ。

「自分の感覚だけを信じ、自分のタイミングで動きたい。君は足手まといだ」

バーナビーがトーマスにエールを送るために筋力トレーニングボールを持つことを提案してくれたこと。昴だけではなく、皆がトーマスを心配していたこともまったく伝わっていなかったのか。

そう思うと腹立たしさと空しさで、昴は思わずトーマスの胸倉《むなぐら》を摑んでしまっていた。

「んだと、この野郎《やろう》！」

「いい加減にしなさいよ、あんたたち！」

睨《にら》み合《あ》う昴とトーマスに、運転席のカルロッタから雷《かみなり》が落ちる。

——情けねぇな。こんなふうにぶつかり合ってる場合じゃねぇのに。

カルロッタが呆《あき》れたように唸《うな》り、昴も行き場のない想いが腹の中に渦巻《うずま》いていた。


アプトン研究所の研究室からは、男性の悲鳴が響いていた。

「やめてください！　所長！」

「大人しくしてよぉ」

男性研究員が椅子《いす》に拘束《こうそく》され、もがいている。

「こんなことしても無駄ですよ！　マウスに投薬しても反応はなかったんですから！」

ランドルは彼に背を向けて、注射器に薬品を入れる。

「だからもう人体実験に賭《か》けるしかないんだよ！　非ＮＥＸＴに使用すれば反応が出るかもしれないだろ」

怯えた表情の研究員の眼前に、注射器を手にしたランドルが迫《せま》る。

「大丈夫、大丈夫。あ、これはパワハラじゃないから訴《うった》えないでね」

ランドルが今にも研究員の首筋に注射しようとしたそのとき、扉が開き女性と黒服の男たちが入り口で声をかけた。

「おはようございます。Ｍｒ．ランドル」

その声に、ランドルは注射しようとした手を止め驚愕《きょうがく》の表情を浮かべる。

「えっ!?　ミズ、ロシツキー、もういらっしゃったんですか？」

呼ばれた女性――シガニー・ロシツキーは、厳しい表情で告げた。

「現状報告していただけます？　この時点で何も成果が出ていなければ我々は資金提供を即刻《そっこく》、停止いたしますので」

「それが……」

ランドルが口ごもる傍らで、研究員が身を乗り出して叫ぶ。

「成果なんてありませんよ！　何の反応もなかっ……」

「黙れ！」

慌《あわ》ててランドルは研究員の口をふさぐ。シガニーはそれを聞き、淡々と答える。

「そうですか。ではここまでということで」

黒服の男たちとともに背を向けたシガニーをランドルが呼び止める。

「お待ちください！　まだ全ての実験が終わっていないんです！　もしかしたらこれで何か……動くな！」

「やめてください！　所長！」

ランドルは研究員の頭を押さえ、注射をしようとするが研究員は暴れて抵抗《ていこう》する。首筋に注射器を近付けたところで、研究員が動き、ランドルは誤って自分の手に注射してしまった。

「痛っ！」

ランドルが注射器を落とし、うろたえている様子を冷ややかに見つめていたシガニーは「お疲《つか》れ様《さま》でした」と告げ、立ち去ろうとした。

そのとき、呻《うめ》き声がしてシガニーは振り返る。

「ううヴー……うあああ！」

ランドルの呻き声が大きくなり、メリメリと何らかの異変を告げる音が聞こえる。

シガニーの表情が驚きに変わっていった。

★★★

ジャスティスタワーが遠くに見えるレストランの個室で、私は連絡を取り合っていた組織の女性と挨拶《あいさつ》を交《か》わす。

「ニコライ・ブラーエ。ランク２です」

「シガニー・ロシツキー。ランク２です」

名前とお互いのランクを伝えた後、「どうぞ」と椅子を勧《すす》め、お互《たが》いに席に着いた。シガニーは私の右手に遠慮《えんりよ》のない視線を送る。

「珍《めずら》しいですね、ランク２の方がマークを入れてらっしゃるのは」

「元々孤児《こじ》でして」

「ニモチルドレン？」

私が答えると、彼女はどこか見下した態度になり、足を組んでテーブルに肘《ひじ》をつく。

「ええ、出身は。上に可愛《かわい》がっていただき、運よくここまで」

「……そう」

私を敬語に値《あたい》する人間だとみなすのは、やめたのだろう。彼女は短く相槌《あいづち》を打つと、ワイングラスを私の前に差し出す。請《こ》われるままに私は赤ワインを注いだ。

「お話というのは？」

シガニーは自分の方へグラスを引き寄せる。

「貴方は今、ヒーロー狩《が》りを支援《しえん》してるのよね」

「……ニモチルドレンから有能な人材が発掘《はっくつ》できましたので」

フガンとムガンの顔が脳裏《のうり》をよぎった。

「知らなかった。世界中のヒーローが倒されているというニュースは目にしてたけど、まさか組織が関わっていたなんて」

「あくまで日陰《ひかげ》の存在ですから」

シガニーはこちらを試すような目をした。

「……もし、あなた方のヒーロー狩りを容易《たやす》く終わらせることができる、と言ったら？」

「ん？」

彼女はおもむろに語り始めた。

「私、数年前から非ＮＥＸＴがＮＥＸＴのように特別な力を持つことを可能にする薬の研究を任されていて……」

「ええ」

やや険しい顔になり、シガニーは続ける。

「でも、思うような結果が出せず、研究から手を引こうとしていた矢先、想定外のことが……。生み出された薬は何故《なぜ》かＮＥＸＴだけに作用し、そのＮＥＸＴが持つ能力を数倍にも高めるものだったの」

シガニーは、爪《つめ》の伸《の》びるＮＥＸＴ能力を持つ研究所の所長が、投薬後すぐに恐《おそ》ろしいまでに爪が長く伸びはじめたことを言い添《そ》える。

「……その薬を我々に提供していただけると？」

ワイングラスを持ち上げ、中身を飲み干すと少し不本意そうに彼女は言った。

「仕方ないわ、手を組めと上からの指示だから」

下に見られることにもはや慣れている。できるだけ事は慎重に、そして低姿勢で運んだ方が失敗は少ない。

「感謝いたします」

卑屈《ひくつ》な態度はとらず、だがあくまで言葉上は謙虚《けんきょ》に、私は答えた。

ホテルの部屋でフガンとムガンは、『マンスリーヒーロー』をめくりながら、次に倒すヒーローを決めていた。

「じゃ、いっきまーす」

フガンが楽しそうに声を上げ、目をつぶりながらページをパラパラとめくり、ページに手を差し入れることではしゃぎながら標的を定めている。

ムガンは傍らでワクワクした様子でそれを眺《なが》めている。

「どきどき、どきどき」

フガンがチョップしてページめくりを止めて、標的を決める。

「よし！　このページのヒーローにする」

ムガンも目を見開き、二人でページを眺める。

「お〜」

「こいつか〜」

微笑みを浮かべたフガンとムガンはヒーローを選び終えると、今度は楽しそうに色とりどりの布を取り出して、『マンスリーヒーロー』を見ながら何やら作りはじめた。

ジャスティスタワーではトレーニングルーム内をカリーナとライアンが並んでランニングしていた。

アントニオとイワンもトレーニングに励んでおり、水を飲むラーラと、奥で汗《あせ》を拭《ふ》きながら休んでいるパオリンがいる。

カリーナはパオリンに近付き、尋ねた。

「ねぇ、タイガーは？」

「さっき帰ってったよ」

パオリンが答えると、カリーナは周囲を見る。

「え、もう？」

ライアンが近付き、カリーナに声をかけた。

「おっさんも辛《つら》いんだろうな」

カリーナはライアンを見た。

「自分の能力が五分もってたら、ジュニア君があんなことになってない筈《はず》だって、勝手に責任感じてそうだからな」

思案顔でそう話すライアンに、カリーナは心配そうな表情を浮かべ、ライアンから視線を外した。


雨は何日も続いていた。この冬の時期に、冷たい雨が降りしきり、俺の心までどんどん陰鬱《いんうつ》になっていきそうだ。

なんて、弱音を吐《は》くのは俺らしくねぇ……つうか、無理にでも気持ちを奮い立たせなきゃいけねぇだろ。

俺は車の中で、大きく一口ホットドッグにかぶりついた。

いつもは大好きなこの味が、今日は味気ない。砂を噛《か》むようだ、って表現が今はよく理解できる。

ブロンズステージの路上に車を停《と》め、ヤツが――ビンセント・カールが姿を現すのを待っていた。万が一付近で事件を起こしても、真っ先に駆け付けられる。

――絶対にコイツは俺が捕《つか》まえるんだ。

そう執念《しゅうねん》を燃やすことで、何とか俺は精神を保っていた。いや、何か動いていなけりゃ不安な考えに押しつぶされそうになっちまうからちょうどいいんだ。

車中から行きかう人を見つめていると、スマホが鳴った。楓からだ。

俺の気持ちは、束《つか》の間《ま》軽くなる。

「おう、楓！　どうした？　何かあったか？」

『いや、別に何もないんだけど……』

電話の向こうの楓の声は、どこか遠慮がちだったので俺は、ハイテンションに話した。

「わかった！　お小遣《こづか》い前借りしたいんだろ？」

『違うよ！　私はただ……やっぱいい！』

楓は何か言いかけてやめる。俺は電話をくれた時点でわかっていたんだが、できるだけ心配かけたくなかった。そういうガラでもないしな……だが、伝える。

「バーナビーなら大丈夫だぞ」

楓が小さく息を呑《の》むのがわかった。

「ホントはそれで電話くれたんだろ？」

『……それは半分』

ぼそぼそと楓は告げる。

「え？」

『お父さんは大丈夫なの？』

「ああ……」

楓はいきなりストレートに聞いてきた。俺自身のことを聞かれるとは思わず、言葉に詰まる。

『今は病院？』

何か言おうと口を開きかけた俺の背後でクラクションが鳴り、察したように楓が続ける。

『……じゃないみたいだね』

「まだ犯人、捕まってないからな。外にいれば次にヤツが何かしたら、急行できる」

俺は車中から外に気を配りながら答える。楓が心配そうに言う。

『じゃあ、家に帰らないの？』

「まぁな」

『……やっぱり、大変な仕事だね、ヒーローって……』

楓の声が切なそうになる。それを聞いて俺はハッと我に返った。楓を心配させてどうする！

「とか、カッコつけたけど、すんげぇ寒いんだよ。もうすぐクリスマスだもんな。うぅ……寒っ！」

電話じゃ見えないと思うが俺は肩《かた》をすぼめる。すると、クスッと笑い楓の声が明るくなる。

『寒いぐらい我慢《がまん》しなさい！　お父さんはヒーローでしょ』

「はいっ！」

俺は……これも見えねぇと思うがビシッと背筋を正した。いつもの楓らしい鼓舞《こぶ》する口調に戻ってホッとする。

それに、そうだ、俺は言うまでもなくヒーローだ。楓が憧《あこが》れてくれるような、ヒーローって仕事に向き合うって決めたばっかじゃねぇか！

「とにかくバーナビーはすぐに戻ってくる。心配すんな」

『うん』

少し元気を取り戻した楓の声に、俺の顔も少し緩《ゆる》む。このところ、まったく笑っていなかったな……無理に取り繕《つくろ》った作り笑いしかしていなかった。

そこへ、ＰＤＡが鳴る。その音に電話の向こうの楓も出動を察したようだ。

「わりぃ、楓」

『わかった、気を付けて！』

「ん」

楓の声に励まされ通話を切ると、気持ちを切りかえてＰＤＡに応答する。

モニターが表示され、アニエスが食い気味に言った。

『出たわよ皆！　イーストゴールド地区で強盗事件発生！　通報された特徴から、強盗殺人犯ビンセント・カールに間違《まちが》いないわ！』

それを聞いた俺は、反射的に勢いよくアクセルを踏《ふ》む。

「やっと出たか、あの野郎!!」

俺は車を発進させ、イーストゴールド地区を目指して方向転換すると、そのまま雨の中を走らせた。

ついにヤツをとっ捕まえられる！　待ってろよ、ビンセント！

俺は一刻も早く辿《たど》り着《つ》きたくて、もどかしい思いで車を走らせていた。


ビンセントが押し入ったサイモン家の入り口で、先に逃げてきたメイドたちが警察官に話していた。

「いきなり入ってきてダイヤを渡せって！」

「逃《に》げ遅《おく》れた子がまだ中に!!」

怯えた表情で二人は説明している。

「隠れても無駄ですよ、お嬢《じょう》さ～ん」

わざと足音を立て、恐怖心《きょうふしん》を煽《あお》るように屋敷《やしき》の中を進むビンセントは、目的のダイヤモンドを探しながら歩いている。するとビンセントは物陰《ものかげ》にしゃがみこみダイヤモンドの入った宝石箱を守るように隠れていたメイドを発見した。

「見ぃつけた！」

「ひぃ！」

メイドはギュッと宝石箱を抱《だ》き締《し》め、渡すまいと抵抗する。ビンセントはじりじりと彼女に近付く。

「ね、無駄だったでしょ？　さあ、私の獲物《えもの》を渡していただきましょうか？」

「これは……旦那様《だんなさま》の大切な物なんです」

強張《こわば》った表情で、必死にメイドは言い返す。

「素晴《すば》らしい忠誠心だ。敬意を表して……」

ビンセントはニヤリと笑い、ナイフを取り出す。暗がりの中でナイフがギラッと光る。

「殺して差し上げましょう！」

ビンセントがナイフを振《ふ》り上《あ》げた瞬間、ワイルドタイガーはその腕を目がけワイヤーを投げた。

ワイヤーはビンセントの腕に絡《から》みつき、それ以上腕を動かせない状態になった。

「間一髪《かんいっぱつ》……」

窓から入ったワイルドタイガーは、ワイヤーを張ったままビンセントを睨《にら》みつける。

「これはこれは、お早いご到着で」

振り向いたビンセントは余裕の表情を浮かべていた。ワイルドタイガーの怒りは爆発寸前でもあった。

「もう逃がさねぇぞ！」

「それは……どうでしょう、ね！」

ビンセントは体ごとワイヤーを引っ張り、NEXT能力を発動させ、目が青白く光る。そして、そのまま持っていたナイフをワイルドタイガーに向かって投げつけた。しかしワイルドタイガーも体を回転させ立《た》て膝《ひざ》になるとワイヤーを外し、飛んできたナイフを蹴《け》り飛ばした。

ドドーン！　と轟音《ごうおん》が響き、先程《さきほど》のナイフは窓の外で大爆発を起こす。

ナイフを爆弾に変えていたことに、ワイルドタイガーは気付いていた。

「諦めるんだな」

窓の外を見ていたビンセントは、タイガーの言葉に忌々《いまいま》しそうに言う。

「鬱《う》っ陶《とう》しい野郎だ」

ワイルドタイガーは急に口調を変えたビンセントの豹変《ひょうへん》ぶりに驚く。

「おい、喋《しゃべ》り方変わっててんぞ？」

「丁寧《ていねい》な口調の方が怖《こえ》ぇだろ。ギャップだよ、ギャップ！　ブハハハハ！」

そう言うとビンセントは高笑いした。

「はっ!!」

と、ビンセントが振り返り、後方にいるメイドに向かって素早《すばや》くナイフを投げようとすると、ワイルドタイガーは能力を発動し、思いきりスライディングで、メイドの女性を救出してビンセントから遠ざけた。

「しつけぇな！」

ワイルドタイガーはビンセントに叫ぶ。

「悪あがきすんじゃねぇ！」

そしてビンセントが振り向く前に女性を部屋の奥に降ろす。

「隠れてて」

「はいっ」

彼女を安全な場所に逃がすと、いよいよビンセントに向かい合った。

「さぁ、観念してもらおうか！」

「ぐはっ!!」

能力発動中のワイルドタイガーが、動けなくなる程度に力を加減し、ボディブローをビンセントに命中させると、ビンセントはそのまま膝《ひざ》をつく。そして前に倒れ込んだのを見て、すかさずワイルドタイガーはアニエスに連絡を入れる。

「アニエス、終わったぞ」

するとモニター越しのアニエスは不機嫌《ふきげん》そうに答えた。

『もう!?　まだカメラ到着してないじゃない！』

「んなこと言ったって仕方ねぇだろ……えっ？」

ワイルドタイガーは話しながら倒れているビンセントに目をやる。ふと、ビンセントが不気味な笑《え》みを浮かべているのを見てタイガーは嫌《いや》な予感がした。

ハッとして、先程隠れるように言ったメイドの女性の方を見る。

「！　待て！」

彼女はドアノブに手を触れており、扉が青く光り出していた。

――しまった！

扉は次第に光の強さを増していき、そして大爆発を起こした。

『タイガー!!』

アニエスが叫ぶ声が聞こえてきた。


爆発前、俺は咄嗟《とっさ》に近くにあったソファを盾《たて》にして、女性を隠した。

一面に煙《けむり》が立ち込める中、焼《や》け焦《こ》げになったソファを押しのけて俺は立ち上がる。

「大丈夫だ……けどヤツに逃げられた。すぐ追いかける！」

既《すんで》のところで直撃を逃《のが》れた俺は、女性の安全を確認し、アニエスに告げ、走り出した。

直前までヤツもここにいたんだ、そこまで遠くへは行っていないだろう。

俺は屋敷を出て、庭を目指す。

「はぁはぁはぁ……っだ！　あの野郎、どこ行きやがった……」

俺のＮＥＸＴ能力は終了しており、気合いの全速力で走っていた。

屋敷の敷地《しきち》内のフェンスに行き当たる。ここが行き止まりだ。このフェンスを乗《の》り越《こ》えて外に逃げたのか……？

そのとき周囲を窺う俺の耳に、呻き声が聞こえて来た。

「？」

声のする方へ視線を向けると、俺は目を疑う。

瀕死《ひんし》状態のビンセントが、庭木に逆《さか》さ吊《づ》りにされて呻いていた。

「ああ……ううう……」

顔も体もひどく殴《なぐ》られた様子で、白目を剝《む》いている。俺はビンセントに駆け寄り声をかける。

「おい、何があった、おい！」

信じられねぇ。俺が辿り着くまでに、それほど時間があったわけでもねぇのに……誰がここまでやったんだ？

しかも、まったく容赦《ようしゃ》なく……ここまで叩きのめすヤツってのは……。

俺は背中に冷たいものを感じながら、周囲を確認していた。

――何だかとんでもないヤツが、陰《かげ》で動いているような……。

★★★

さっき何度も爆発を起こしたお屋敷から少し離れたビルの看板の上。

その看板の上に立つと、屋敷の庭の風景が全部見渡《みわた》せた。

俺とムガンがやっつけたとも知らず、あのヒーローはキョロキョロ捜し続けてる。グリーンなんとかだっけ？

「クスクスゥ、クスクスゥ」

ムガンはこらえきれずに笑い出す。

「捜してる捜してる」

いや、グリーン離れてって言った気がするから――ホワイト？　スーパーホワイト？

思い出せないからまぁ、いっか。

俺は愉快《ゆかい》で仕方ない。そんなとこ捜してても一生見つからないよ。

「クスクスゥ、クスクスゥ」

ムガンも笑い続けてる。

さぁ、いよいよはじめようか。残りのヒーローは、十二人――。

≫ 第10話

Pride comes before a fall.

（驕りが滅亡の前にやってくる）

ジャスティスタワーの大会議室。集まったヒーローたちは円形のテーブルに着き、中央のモニターに表示されたビンセント・カールの写真を見ていた。

「逮捕《たいほ》されたビンセント・カールは全治十ヶ月の重傷《じゅうしょう》だそうよ」

説明するのはアニエス。ユーリ・ペトロフ管理官も同席している。

俺《おれ》は瀕死《ひんし》の状態のビンセントをこの目で見た。あれはちょっとやそっとの戦闘《せんとう》で受けるダメージではなかった。

相手は相当の手練《てだ》れで、しかも並外れて俊敏《しゅんびん》に違《ちが》いない——それが俺の印象だ。

集められた俺以外のヒーローたちも複雑な表情を浮《う》かべている。

スカイハイは深刻な表情で「そうか」とつぶやく。

「一体、誰《だれ》がそいつを……」

ライアンもかなり警戒《けいかい》した口調だ。

「今一度、確認《かくにん》させてください。犯人を負傷させたのは、この中の誰でもないと」

ペトロフ管理官が鋭《するど》く尖《とが》った声で尋《たず》ねる。その声に、俺たちは静まり返った。

管理官の視線の先にヒーイズトーマスが座っているのを察してブルーローズが声を上げる。

「え？　もしかしてトーマスが疑われてるの？」

「……皆《みな》さんに確認しています」

管理官は冷静に念を押《お》す。ファイヤーエンブレムが代表者となって口を開いた。

「私たちじゃないわ」

昴《すばる》が黙《だま》っているトーマスを気にして、彼の腕《うで》を軽くこづく。

「ホラ、何とか言えよ」

「……僕《ぼく》じゃない」

ボソリと答えるトーマスに、管理官は「そうですか」と短く返答するだけだ。

ドラゴンキッドは緊張《きんちょう》した顔つきで質問した。その隣《となり》ではマジカルキャットがやはり強張《こわば》った顔つきで管理官に視線を送っている。

「で、ボクたちはビンセントを倒《たお》したヤツを捜《さが》せばいいの？」

管理官が「いえ」と答えたのを受けて、アニエスが補足する。

「犯人捜しは警察の仕事……ですよね？」

「ええ……」

確認するように管理官に向くアニエスに、管理官は頷《うなず》き、チラッと俺を見る。

「わかってますよ……」

単独行動で勝手に犯人の聞き込みをしていた俺への、再三の警告、ってとこだろう。言われなくてもあれから注意は守ってる。だからこそ誰よりも早くビンセント確保のために動けたわけだが、こんな経緯《けいい》でヤツを捕《と》らえることになるとは思ってもみなかった――。

「まさかルナティックの仕業では？」

「確かに、ビンセントは殺人犯でもあるし」

スカイハイがそう切り出すと、折紙《おりがみ》サイクロンも同意する。

「いや、アイツなら息の根止めるだろ」

ロックバイソンはその可能性を否定する。そこへ間髪《かんはつ》を容《い》れず管理官が話を収束させるべく、発言した。

「どんな人間が、何のためにビンセントを攻撃《こうげき》したのか……捜査《そうさ》は一旦《いったん》、警察に委ねます」

ここから先はヒーローの仕事ではない。そう、はっきりと彼は宣言したわけだ。

一応、腑《ふ》に落ちない形ではあれ、ビンセントは逮捕された。

凶悪犯《きょうあくはん》が捕《つか》まって、これで安心！　――とは、正直俺は思えずにいた。それは俺がビンセントをこの手で確保できなかったからというだけではない。

何かでっかい悪意が裏で動いている気配が拭《ぬぐ》えないことと、バニーが未《いま》だに意識を取《と》り戻《もど》さないこと……これが俺の心の中の圧倒的《あっとうてき》部分を支配していた。

俺のモヤモヤした心中を看破するように、管理官は続ける。

「必要なときが来れば、皆さんに出動を要請《ようせい》します」

ヒーローたち皆は、それぞれ管理官に了承《りょうしょう》の返事をした。

俺も答えながら、考え続けていた。必要なとき――ってのは、この件に関連する新たな事件が起き、解決を余儀《よぎ》なくされるときだ。

事件が起きなければヒーローは動くことができない。今更《いまさら》だけど、それがもどかしかった。


ミーティングを終えた帰り道、廊下《ろうか》を歩く虎徹《こてつ》たちの足取りは一段と重くなった。

「どうだ？　これからちょっくら飯でも」

隣を歩いていたアントニオが声をかけてきた。虎徹には自分を気遣《きづか》って誘《さそ》ってくれたことがわかっていたが、

「あ〜〜、わりぃ。ちょっとバニーん所、顔出したいんだわ」

なるべく明るい口調で、元気であることをアピールしつつ、断った。

「そうか……」

アントニオは少し気を落としたように見えた。

ごめんな、と虎徹は心の中でアントニオに謝《あやま》った。

「犯人は捕まったって報告しないと！　じゃな」

そう告げると、虎徹は皆に背を向けて歩き出す。

立ち去る虎徹を見送り、その場にはキースとネイサン、イワンとアントニオが残された。

「まぁ、確かにこれで一応はひと安心ね……スッキリはしないけど」

あまり浮かない表情ではあるが、ネイサンが励《はげ》ますように言う。

「……ああ」

キースも心配そうに虎徹に視線を送りながら答える。

ネイサンは気を取り直したようにキースに提案している。

「今夜も行くんでしょ？」

キースに近付き、ネイサンはウインクした。

「え……？」

「パトロール！　付き合うわよ」

ネイサンの誘いにキースも微笑《ほほえ》み、嬉《うれ》しそうに答えた。

「ああ、行こう！」


スカイハイは夜の街を、空の上からパトロールしていた。

ファイヤーエンブレムは地上からスカイハイに手を振《ふ》る。付近にはファイヤーエンブレムカーが停車していた。


こうやって少しずつ、日常を取り戻していくんだろうか――。

虎徹はアントニオたちと別れてから一人そんなことを考えていた。

――何はともあれ、今俺にできることは、バニーに報告することだ。それから、あんまり他のヒーローたちに心配かけちゃいけねぇな……。

頭の中で考えを巡《めぐ》らせながら虎徹は病院にやってきた。病院はどうしても気持ちが落《お》ち込《こ》みがちになる。

考えながら虎徹は病室の扉《とびら》を開ける。

――って、ずっと俺が落ち込んでてどうする！

バニーの病室の前で笑顔《えがお》を作り、気持ちを立て直して病室のカーテンを開けた。

「おーい、まだ寝《ね》てんのか？」

何か答えてくれるのではないかと思わず期待していたのに、バニーは答えてくれない。

虎徹はバニーのベッドに近付くと、すぐに違和感《いわかん》を覚えて上を見る。

「!?」

――なんなんだ……これは……？

モビールのように何かが天井《てんじょう》から吊《つ》るされている――よく見るとそれは、シュテルンビルトのヒーロー（つまり俺たち）を模《かたど》った人形だった。小さい子どもが作ったみたいな、お世辞にも上手とは言えないぬいぐるみのようなそれは、何とも言えず不気味な雰囲気《ふんいき》を醸《かも》し出している。

ファイヤーエンブレムはスカイハイを見送り、口元に満足そうな笑《え》みを浮かべて車のほうに向きなおった。

「さて私も……ん？」

そこにはファイヤーエンブレムカーに乗り込んだムガンが両腕《りょううで》を振《ふ》り回《まわ》していた。

「やほやほ〜！　やほやほ〜〜！」


病室で虎徹は人形を見上げていた。

木に逆さ吊りにされたビンセントを見たとき、背筋に冷たいものを感じた。それと同じ、何か得体の知れない恐《おそ》ろしさをこの人形にも感じていた。しかしそれらを見つめていた虎徹は、ハッと我に返って病室から出た。

「あ、ちょっとすいません！」

廊下の奥《おく》を歩いていた看護師を呼び止め、一緒《いっしょ》に病室に来てもらうと虎徹は吊るされた人形を指さした。

「この飾《かざ》り、一体誰が……」

言いかけて、さっきまで吊るされていたはずのスカイハイとファイヤーエンブレムの人形が落ちていることに気付く。

「なっ！」

虎徹はそのときまだ知らなかった。

「なんなんだよ、おい……」

この、嫌《いや》な胸騒《むなさわ》ぎが次第《しだい》に現実とつながっていくことを――。

翌日。アニエスの連絡によって、虎徹は異常事態を知る。

病院の廊下でＰＤＡの映像を開くと、スイッチングルームにいるアニエスと、それぞれの居場所から通信に加わるヒーローたちが映った。しかしその画面にキースとネイサンの姿はない。

何と二人が昨夜のパトロール中に何者かに襲撃《しゅうげき》され、緊急搬送《きんきゅうはんそう》されたというのだ。

『昨夜遅《おそ》くに匿名《とくめい》で通報があったの……』

アニエスは緊迫《きんぱく》した声で告げると、昨夜の通信の録音音声を再生させる。虎徹はオペレーターたちのやり取りに神経を集中させた。

『はい、緊急ダイヤルです』

オペレーターの女性の声に続き、妙《みょう》にはしゃいだ男たちの声が響《ひび》く。

『でっかいライオンの上でヒーローがカチンコチン！』

『え？　もう一度お願いできますか？』

女性は聞き返す。するとはしゃいだ声は笑いながら続ける。

『この町のヒーローって』

『『大したことないね～！』』

男たちが二人、ゲラゲラと笑う声とともに通話が切れる。

録音再生を終えると、アニエスが口を開いた。

『通報通り、二人は自由のライオン像の上で発見された。依然《いぜん》、意識不明のまま……』

虎徹は混乱しながらも、アニエスの説明を聞いていた。

『……犯人が言う通り、スカイハイたちの体は硬直《こうちょく》していて、身動きも取れないの』

アニエスが補足する。トレーニングルームにいる様子のパオリンが小さく驚《おどろ》き、ラーラはショックに涙《なみだ》ぐむ。

『NEXT能力者の仕業ですか？』

イワンが尋ねる。アントニオとイワンは、『クロノスフーズ』社のトランスポーターの中にいるようだ。質問を受けたアニエスは厳しい表情で告げる。

『詳《くわ》しいことは何もわからない。一つ、言えるのは、各地で起こっているヒーロー襲撃事件の被害者《ひがいしゃ》と症状《しょうじょう》が同じということ』

アニエスがモニターを操作すると、これまでニュース上でしか耳にしたことがなかった襲《おそ》われたヒーローたちの写真がいくつも表示された。もがくような不自然な体勢で固まっているヒーローたち――。虎徹は思わず口を開いた。

「その話、初耳だぞ！」

負傷したヒーローたちがどのような症状だったかは、これまで説明されていなかった。

『この情報は機密事項《じこう》だったの。世界中の人たちの不安を煽《あお》ることになるって』

確かにアニエスの説明も妥当《だとう》な判断なのだろうと虎徹は考える。下手に知らされて、ヒーローが出動する際の気持ちの枷《かせ》になる可能性もあるだろう。

ある程度納得《なっとく》した上で、虎徹はさらに尋ねる。

「バニーの病室の不気味な人形もそいつらの仕業か？」

『恐らくね』

アニエスは低く答える。すると、やはりトレーニングルームにいるらしいカリーナが確信したように言う。

『これで確実になったね。犯人の狙《ねら》いが、ヒーローだって』

カリーナの言葉に全員が少しの間沈黙《ちんもく》する。その通りだ、と思うと同時にこの言語道断な宣戦布告に静かな怒《いか》りが湧《わ》いてくる。

『……これは、スカイハイとファイヤーエンブレムのスーツに残っていたものよ』

アニエスが動画を再生させると、ファイヤーエンブレムのマスクに残っていた映像だろうか——ファイヤーの愛車に見たこともない男が乗り込んでいる動画が流れてきた。

『やほやほ～！』

『やほやほじゃないわよ！』

手を振っている男と、注意するファイヤーエンブレムの声が続いて聞こえてくる。

ここでアニエスが虎徹たちに注意を促《うなが》した。

『ショッキングだから覚悟《かくご》して』

映像の中の男、ムガンは白い肌《はだ》に同じく真っ白な短髪《たんぱつ》で、不気味なほどの満面の笑みで車の中から両手を振っている。

『やほやほ～！』

『駄目《だめ》じゃない、人の車に勝手に乗り……』

ファイヤーエンブレムがムガンに近付く足音と音声だけが聞こえる。

『ダメじゃな〜い』と、フレーム外からファイヤーエンブレムの言い真似《まね》をしたような声が響き、そちらの方を向いた瞬間《しゅんかん》、急に映像のフレーム内に、短髪の男と顔はそっくりだが、真っ白な長髪《ちょうはつ》のもう一人の男、フガンがカットインしてくる。

『敵はこっちだよっ！』

カメラに向かってフガンは素早《すばや》く拳《こぶし》を打ち込む。そして画像が大きく乱れたことから、ファイヤーエンブレムが倒れたことがわかった。

「なっ！」

虎徹も自分自身が不意打ちで殴《なぐ》られたような衝撃《しょうげき》を受け、思わず声が漏《も》れる。

先程《さきほど》の攻撃で倒れた拍子《ひょうし》にカメラが破損したのだろう。画質が荒《あら》くなったカメラに近付いてきたムガンが半笑いを浮かべて覗《のぞ》き込んでいる。

『もう寝ちゃったよ。弱っちい』

イワンとアントニオが驚きの声を上げる。

『うっ！』

『一撃《いちげき》じゃねぇか……』

トレーニングルームでは昴も思わず声を漏らすが、トーマスは態度に表さない。同じ場所にいるカリーナとライアンも悲痛な声を上げている。

『『あああ！』』

『次は、スカイハイの映像……』

険しい表情でアニエスが言うと、映像が切り替《きか》えられた。

スカイハイの映像は、上空から倒れているファイヤーエンブレムを見つけ、救助に行く場面からはじまっていた。

『ファイヤーエンブレム君⁉　どうした！　誰にやられた⁉』

『教えてあげよっか』

そこへまたも突然《とつぜん》フガンがカットインしてアップになり、映像には二人が写り込む。

二人とも上半身にぴったりと沿うような白いロングコートを揃《そろ》いでまとっていた。

『君らに代わってビンセントをやっつけてあげた』

『『我《われ》らっ！』』

二人は胸の前で両腕をクロスするポーズを取る。

――ビンセントをあんなふうにしたのはこいつらか⁉

虎徹は映像に釘付《くぎづ》けになる。

『これからこの街のヒーローをぶっ潰《つぶ》す！』

『『我らっ！』』

フガンが右手をピンと高く上げ、語りだす。

『身長一八〇《ひゃくはちじゅっ》センチ、体重六十九・五キロ！　好きな食べ物はハンバー……』

それを遮《さえぎ》るように今度は両腕をクロスさせたムガンが叫《さけ》ぶ。

『我らっ！』

『ちょっとぉ、フライングだよ〜！　合わせないと』

『アドリブ入れるからだろ⁉　なんだよ好きな食べ物って』

言い合う二人に見ている虎徹は戸惑《とまど》っていた。

めちゃくちゃ強いのに何なんだ、こいつらのやり取りは——。

スカイハイが好き勝手にしゃべり続ける二人を止める。

『おしゃべりはそこまでだ！　おとなしく自首して降伏《こうふく》するんだ‼』

すると二人は肩《かた》を抱《だ》き合うと同時にスカイハイを見る。

『『アッカンベー』』

カメラに向かって舌を出す二人に、スカイハイの音声だけが続く。

『では手加減はしない……スカ——イハ——イ‼』

スカイハイが突風《とっぷう》を炸裂《さくれつ》させ、二人を空中へ舞《ま》い上げる。バラバラに飛んでいく二人を見て
スカイハイが有利かと思われた——。

スカイハイがフガンの胸倉《むなぐら》を摑《つか》み上げる。

『観念するんだ』

だが、胸を摑まれていたフガンが観念したかと思いきや、

『あんたがね』

ふと声のするほうへカメラが向き、ムガンが映像の中でニヤリと笑った。ムガンはファイヤーエンブレムの首を摑んで持ち上げ、パンチを繰《く》り出《だ》す構えを見せる。

『やめろ!!』

するとスカイハイがムガンに気を取られる中、フガンが右の拳を握《にぎ》って体を引き強烈《きょうれつ》なパンチをスカイハイに打ち込む。

その威力《いりょく》は一撃でカメラが止まってしまうほどだった。

『きゃあっ』

映像を見ていたラーラが両手で顔を覆《おお》う。そばにいるパオリンも厳しい顔で映像を見ている。

『いつ襲撃を受けるかわからない。単独行動はしないように』

映像をストップさせ、アニエスが言った。

——犯人までがバディを組んでやがるとはな……。

虎徹は少なからずショックを受けたが、そのまま通信に耳を傾《かたむ》けていた。

『敵の出方はわかった。スカイハイたちの行動を無駄《むだ》にしねぇ……そうだろ相棒』

『ですね。二人で守り合って行動して』

アントニオがトランスポーターの中で立ち上がり、イワンを見る。

『必ずボクらで犯人を捕まえる』

パオリンが落ち込んでいる様子のラーラを気遣いながら力強く言う。

『っスね！　……おい！　どこ行く気だ？』

『ランニングの時間だ』

皆と意識合わせをする場面で、その場を離《はな》れようとするトーマスに昴は慌《あわ》てて声をかける。

——それぞれのバディがお互《たが》いを気遣い、結束を高めなきゃならないときがいよいよ来たんだ。

虎徹は改めて思う。

だから俺は病院《ここ》にいる。俺のバディはバニーしかいないからな……。


通信を終えると、昴は強い口調でトーマスに忠告した。

「聞いてなかったのかよ！　相棒同士守り合って……」

「僕は顔出しヒーローじゃない。素面《すめん》でいれば問題ない」

トーマスはチラッと昴を見ただけで歩き出す。悔《くや》しそうに舌打ちする昴を、カリーナは内心同情しながら見つめていた。

ブラックはだいぶ歩み寄ろうとしているのに……。

そう考えながら、カリーナはライアンに話しかける。

「輪をかけてマイウェイになった感じだね」

一緒に様子を見ていたライアンも同意してくれると思っていた。しかし、何も言わずにライアンは立ち上がり、ドアを開けて出て行ってしまう。

「ん……、ライアン？」

カリーナは廊下を歩いていこうとするライアンを急いで呼び止めた。トーマスがマイウェイとか言ってる場合じゃない、とカリーナはうんざりする。

「どこに行く気？　単独行動は禁止！」

「トーマスの言う通りだ」

立ち止まったライアンに追いついて尋ねた。

「どういう意味？」

「顔出ししてる俺はいつ狙われるかわからない」

「ん……だから？」

「アンタは名前も素顔《すがお》も明かしてないから狙われることはねぇだろ」

――そういうことね。

立ち去った意味を理解すると、カリーナはだんだん腹が立ってきた。

「だから？」

「だから！　俺といいちゃ危ねぇから他の奴《やつ》らといたほうが……」

言いかけたライアンにこらえきれず想《おも》いをぶつける。

「馬鹿にしないで！」

「え？」

カリーナは怒りが収まらず、続けて言った。

「何で私が心配されてんの？　ピンチなのはアンタのほうでしょ！」

「お……」

「ムカつく！　私が犯人に怯《おび》えて相棒を放っておくって思ってんの？」

ライアンを心配しているのに、自分ばかりが苛立《いらだ》ってしまっていた。

——私を気遣って、危険が及《およ》ばないように……なんて、独りよがりな考え方しないでよ！

「そういう話じゃねぇよ」

「じゃあどういう話なのよ？」

「ハイハイ、悪かった、俺が悪かったよ」

子どもをあしらうような態度でライアンはカリーナを手で遮って、歩いて行こうとする。

「はぁ？　何、今のハイハイって！」

「悪かったって言ってんだろ！　じゃあな」

一人で行ってしまいそうになるライアンをカリーナは再び追いかけた。

——だから、相棒を一人にさせるもんですか、って！

★★★

アプトン研究所。所長のランドルに先導され、ブラーエはシガニー・ロシツキーとともに実験室へ向けて歩いていた。

ランドルは上機嫌《じょうきげん》で先頭を歩き続ける。

「ええ、そうです。あの薬品の開発者は私です」

「いったいどのようにして生み出したのです？」

ブラーエは単純な興味と話題をつなぐため、質問を投げかけた。すると彼は急に歯切れが悪くなる。

「それはお答えできませんよ。申し訳ない」

シガニーとブラーエは顔を見合わせ、何事もなかったかのように再び歩き出した。そのうちに廊下の風景が変わり、二人は広い実験室の中二階に通される。

「あれは届いているの？」

シガニーの質問の意味がブラーエにはわからなかったが、ランドルは何故《なぜ》か嬉しそうに返答する。

「あ、はい！　こちらです」

奥へ進むと中二階のガラス窓から一階の実験室が見えるようになっていた。下を覗き込むと、椅子《いす》に拘束《こうそく》された男が一人。その両脇《りょうわき》を研究者が囲んでいる。

「研究を早く進めるためにプレゼントを贈《おく》ったの」

「プレゼント……？」

ブラーエはシガニーと、拘束されている男を見てやっと合点《がてん》がいく。シガニーは微笑みながら続けた。

「実験用に目の青いマウスをね。アッバス刑務所《けいむしょ》にも組織の人間は……」

シガニーはその先を言わなかったが、NEXT能力を持つ囚人《しゅうじん》を人体実験に使おうとしている――拘束された男から発せられている青い光を見てブラーエはそう理解した。


バーナビーの病室の前には二人の常駐《じょうちゅう》の警備員がついてくれることになった。虎徹もなるべく仕事以外では付《つ》き添《そ》うようにしていたが、何にせよ心強いことだった。

「安心しろ。ロイズさんが二十四時間警備にしてくれるって。愛されてんな~、お前」

笑顔でバーナビーに報告した虎徹は、ふと吐《と》息《いき》をつき真顔に戻《もど》る。

――だからなんも心配しないで、ゆっくり休め。そんでまた、俺をたしなめてくれよ。いつもみたいに、『まったくあなたって人は』ってさ。


病室を離れると、虎徹は小休止しようと待合室へ向かった。

――まぁ、これでいいか。

菓子《かし》の自販機《じはんき》の中からチョコレートバーを選んでスイッチを押し、拾い上げようとしたところで背後に気配を感じた。

――犯人の奇襲《きしゅう》か!?

振《ふ》り向《む》きざまに伸《の》びて来た手を摑んで、思わず捻《ひね》り上げる。

「おわっ！」

「っだ!?」

虎徹がガッチリと摑んでいた腕は、アントニオのものだった。

「な、なにすんだよ、もう」

――なんだぁ……。

一気に虎徹は脱力《だつりょく》してしまった。アントニオの顔を見て、張《は》り詰《つ》めていた緊張感が一気に緩《ゆる》んだのかもしれない。


「いや～悪い悪い……そうか、キッドと折紙と一緒に」

アントニオと虎徹はそのまま待合室のテーブルに着き、話すことにした。アントニオはイワンとパオリンとともにキースたちの見舞《みま》いに来て、二人はまだ彼らの病室にいることを語った。

「ああ。後でバーナビーのところにも見舞いに行くってよ」

虎徹はアントニオの言葉に温かい気持ちになる。後で折紙たちにも会えるな、と思うともうずいぶん直接会っていないような妙な感覚にも陥《おちい》る。

――バニーが倒れてしまってから、時間の感覚が曖昧《あいまい》になっちまった。

「あ、そうそう。仕事がねぇときはなるべくトレーニングセンターに居ようって話でまとまった」

アントニオは続ける。

「トーマスもか？」

「もちろん……あいつを除く、だ！」

もったいぶったアントニオの口調と、トーマスらしさに虎徹は思わず笑ってしまった。

「だろうな」

こんなふうに他愛もない話ができるなんて……懐《なつ》かしい気持ちを噛《か》みしめていると、向い合ったアントニオが真顔で身を乗り出していた。

「大丈夫《だいじょうぶ》か？」

「ああ。バニーならすぐ目を覚ますさ」

「じゃなくて……思い出すんだよ、昔を」

アントニオが虎徹の目を覗き込む。

「え？」

「毎日往復で疲れ切ってたろ？　現場と……嫁《よめ》さんの病院の」

アントニオの言葉を発端《ほったん》に、当時の自分を思い出す。アントニオの目にはそう映っていたのか、と改めて知るとともに見守っていてくれたありがたみも感じる。

「もう若くねぇんだから無理すんなよ。お前まで倒れたら許さねぇからな」

――若くねぇのはお前も一緒だろ。

そう思いながら、虎徹はアントニオの優《やさ》しさが素直《すなお》に嬉しくて身に染《し》みた。しかし、しんみりするのは、事件が解決してからだ、と気を引《ひ》き締《し》める。

虎徹が薄《うす》く笑うと、アントニオも笑った。

「悪いな、余計な気ぃ遣《つか》わせて」

「フッ、まったくだ」


アントニオと話せたおかげで、虎徹は気持ちが少し楽になっていた。緊迫した状況《じょうきょう》が続くなかでも、仲間がいればやっていける――。そんな温かな気持ちが残っていた。

虎徹はバーナビーの病室前に立ってくれている二人の警備員にもチョコレートバーを渡《わた》した。

「お疲《つか》れ様《さま》です。よかったらこれ」

挨拶《あいさつ》をして病室内に入ると再び、悪夢が蘇《よみがえ》った。

「えっ⁉」

またしてもバーナビーの頭上にあの不気味な人形が吊るされていたのだ。ファイヤーエンブレムとスカイハイを除く十個――。

虎徹は病室を飛び出し、慌てて警備員に尋ねる。

「病室に誰か来たか⁉」

「いえ」

「医者も看護師もか？」

「誰も来ていません」

二人の様子から確かに病室には誰も足を踏《ふ》み入れていないようだ、とわかる。

「どうなってんだ」

と、再び病室にとって返した虎徹は足元に人形が落ちているのを見つけた。

深緑色の体に茶色の口元——恐らくロックバイソンだ。

急いでアントニオに電話をかけながら、警備員に指示を出す。

「病院の出入り口を封鎖《ふうさ》しろ！　犯人がまだ中にいるかもしれない」

「はっ、はい！」

警備員の一人が走っていく。

コール音が続くがアントニオとはまだつながらない。

「早く出ろよ、オイッ！」

——ちくしょう、まさか捕まっちまったか!?　いや、そんなはずはない……。

焦《あせ》る虎徹の背後に、フガンとムガンが突如《とつじょ》姿を現す。ニヤニヤと不気味な笑いを浮かべる二人に、虎徹はまったく気付いていない——。

気を揉《も》んでいると、ようやく電話がつながった。

『何だ、もう俺が恋《こい》しくなったか？』

電話に出たアントニオは陽気な口調だった。彼の無事がわかり虎徹はホッとするが、まだ近くに犯人がいる可能性がある。

「無事か？」

『ん？　無事って、おいどうした？』

「またあの人形だ！　犯人は病院にいる！」

『えっ！　……マジかよ』

声の調子ではアントニオは危険な状況にはいないようだ、と安堵《あんど》しかけるが、虎徹は床《ゆか》に視線を落としハッとして電話口に叫ぶ。

「おい！　キッドと折紙は？　合流したか？」

『いや、まだだ！』

「急げ！　あいつらが危ない！」

ベッド脇《わき》の床に、ドラゴンキッドと折紙サイクロンの人形が落ちていたのだ。

――いつの間にすり替《か》えられた!?

混乱しながらも、虎徹は頭を回転させていた。

――だとすると、本当のターゲットは……。

報《しら》せを聞いたアントニオは、キースとネイサンの病室へ駆《か》け込んだ。

「おい、二人とも無事か!?」

「え？」

すると病室内には、医者とキースとネイサンのベッドのそばで作業をしていた看護師の姿しか見当たらない。アントニオは困惑《こんわく》し、看護師に尋ねる。

「あ、あのさっき見舞いに来てた奴らはどこに？」

看護師はアントニオに、にこやかに答えた。

「お帰りになりましたよ、お友達と」

「お友達？」

アントニオはその言葉に不穏《ふおん》な空気を感じて眉《まゆ》をひそめた。


誰もいない工事中の地下鉄の駅構内。

ボクと折紙さんは、スカイハイさんとファイヤーエンブレムさんを襲った、あの犯人たちに病院から連れられてここに来た――。

ファイヤーエンブレムさんの腕を拭《ふ》いていたボクは、突然「は〜い、動かな〜い」と聞こえた声に振り返った。すると、一緒にスカイハイさんのお世話をしていた折紙さんが髪《かみ》の長いヤツに口と腕を押さえられていて、もう一人の髪の短いヤツがボクに微笑みかけていた。

「おとなしくついてきたら病院で暴れたりしないよ」

「うん、しないしない」

そう言って長髪が折紙さんの手を持ち上げて手首にしていたＰＤＡを握りつぶすと、短髪はボクに近付き腕を掴んでやはりリストバンドの上からＰＤＡを壊《こわ》してしまったのだ。

さすがに病院内で、入院している患者《かんじゃ》さんやお医者さんたちがいる中、むやみに暴れるかもしれない二人を変に怒《おこ》らせるようなことはできなかった。

で、今ボクと折紙さんの前に例の犯人たちがいる。

向こうの意思のままになってしまっているのが悔しい。

「ついて来てくれてありがとう。さすがヒーロー市民の味方」

「お礼にあんまり痛くしないでやっつけてあげるからね」

「ねー」

犯人たちは長髪と短髪が交互《こうご》に話し、上機嫌な様子だったのに、短髪のほうが急にブツブツと言い始める。

「ていうかさ、何で間違《まちが》えたの？」

すると長髪も負けじと言い返す。

「だからすぐ直しに行ったろ、牛から忍者《にんじゃ》とドラゴンのマリオネットにさ」

「もう少しで見つかるところだった！　せっかくミステリアスな感じ演出してんのに！」

「けどムガンが作った人形、ヘタッピじゃん。絵描いて研究までしたのに」

「いやいや何言ってんの？　敢《あ》えてヘタで不気味さを醸し出してるんだよ！」

「え～？　嘘《うそ》だぁ」

二人のおしゃべりはまったく途切《とぎ》れない。こいつらはボクより大人のはず……。

なのに、なんなんだろう、この緊張感のなさは――。ボクは警戒しつつ、声をかけてみた。

「ねぇ、ボクらのこと忘れてない？」

すると短髪がパッとこちらを向いてそっけなく答える。

「あ、ちょっと待ってくれる？」

そしてまた二人だけの言い合いが始まった。

「ウソつきブーが」

「ウソじゃないよー」

しびれを切らした折紙さんも二人の会話を遮る。

「君たちが、スカイハイさんたちを……？」

するとまた短髪がムッとした顔でこちらを見る。

「だからちょっと待って！　すぐやっつけてあげるから！」

わけがわからない。

こいつらが、一撃でスカイハイさんたちを倒したヤツらに違いないはず。でもどのタイミングで襲ってくるのか見当もつかない……。

ボクたちは戸惑いながら、二人の言い合いを眺《なが》めていた。一気に攻《せ》め落《お》とす隙《すき》を見計らいながら――。

『なんでバレてんすか⁉ キッドさんも折紙さんも顔出ししてないはずっしょ？』

ブラックの叫《さけ》び声《ごえ》が聞こえる。

俺はアントニオと病院を出て、駐車場《ちゅうしゃじょう》に停《と》めていた『クロノスフーズ』のトランスポーターで行動をともにしていた。アニエスからの連絡が入り、現状無事であるヒーローたちが通信に加わっている。

俺たち以外のヒーロー――ブラックとトーマス、ライアンとブルーローズ、それにキャットは取り決めにより、トレーニングセンターに集まっている様子がPDAの映像から窺《うかが》えた。

『調べたところ、数日前にあなたたちの個人データに何者かがアクセスし閲覧《えつらん》した形跡《けいせき》が残っていたの』

神妙《しんみょう》な顔つきでアニエスが伝える。

『それって』

『ああ……』

ブルーローズの驚く声とキャットの察したらしき声が同時に聞こえた。

『犯人は、あなたたちヒーローの素顔を知った可能性が高い』

アニエスの言葉に、動揺《どうよう》が走る。キャットは戸惑いながらブルーローズを見つめ、スマホをいじっていたトーマスもかすかに反応を見せる。

俺のすぐそばでアントニオも絶句した後、「そんな」とつぶやく。

――これでどのヒーローが狙われてもおかしくないってことか。

ヤツらの目的は何なんだ。「ヒーロー」をターゲットにし続けている理由は……。

俺は体が硬直したまま今も病院にいるスカイハイとファイヤーエンブレムを思い浮かべ、やりきれない気持ちになる。

『どうやったのかはわからない。あり得ないことだわ。謝っても取り返しはつかないけど……本当にごめんなさい』

アニエスが沈鬱《ちんうつ》な表情と声で告げる。いつも俺らに発破をかけるアニエスらしくねぇ。

『反省会はトラブル解決後にしようぜ』

すると、俺の気持ちを代弁するようにライアンが明るく言った。

お、よく言ってくれたな！

俺はアントニオと顔を見合わせる。

「だな、すぐに折紙たちを見つけ出して……」

『犯人を！　犯人を捕まえましょう！』

言いかけたアントニオを遮って叫んだのは、キャットだった。誰よりもこの状況に怯えていた彼女が、勇気を振《ふ》り絞《しぼ》って立ち上がり、一生懸命《いつしようけんめい》伝えてくれた。

相棒のキッドがさらわれて不安で仕方ないだろうに、俺たちの気持ちをまとめてよく言ってくれた。

俺はそんな彼女と、仲間たち皆に向けて頷いた。

「だな!!」

そうだ。俺たち皆で捕まえる。不安な気持ちに打ち勝つんだ。


ボクと折紙さんは、相変わらず犯人たちの言い合いを見ているしかなかった。

口を挟《はさ》むと怒るし、長髪の方のパンチが強烈なのはわかっているけど、それ以外の攻撃がわからない。

仕方なく出方を窺っているわけだけど……。

「……タイガー驚かせるためにやってんのに、アレじゃ台無しだよ！」

「いいだろ、それっぽい雰囲気作りたいだけなんだから」

「もう〜フガン！」

「おじちゃんも言ってたろ？　ムード作りが大事だって」

「ムード作りも、だよ！」

——こうなったら今の隙に不意打ちで襲う？

二人が言い争っている間に能力を発動しようとしたら、隣に立っていた折紙さんが耳打ちする。

「誘いに乗っちゃダメです。恐らく僕らを苛立たせて心を乱すのが目的かと」

するとそれまでずっと言い合っていた二人が揃って真顔でこちらを向く。

「え、違う違う！　普通《ふつう》にこれケンカ」

長髪の方がしれっとそう言うと、また二人で言い争いを始めた。

ボクも折紙さんも啞然《あぜん》とする。この二人に常識、なんてものは通じなさそうだ。

「と〜に〜か〜く、ペナルティとしてフガンは戦っちゃダメ！」

短髪の方が強い口調で伝えると、長髪の方は口をとがらせて不満そうに頷く。

「えええ……ん〜、わかった。我慢《がまん》する」

そう言って長髪――フガンと呼ばれてたヤツだ――はボクたちの前から立ち去ろうとする。

それと入れ替わりに短髪が楽しそうにこちらを向く。

「オッケ〜。もう大丈夫だよ！」

――何がオッケーだ。

そう思いながら、得体の知れないヤツらの出方を待つ。

「僕の名前はムガン。ちなみに能力は透明《とうめい》になること！　カメレオンみたいにね」

こっちはムガンか。何で自分からペラペラ能力を明かすんだろう？

「じゃあ、俺はちょっと寝てくるわ〜」

フガンはそう言うと遠ざかっていく。

「……完全に舐《な》められてるね」

「おやすみ〜」

あくびを噛《か》み殺《ころ》したような声で、フガンは暗闇《くらやみ》に消えていった。

「後悔《こうかい》させてやりましょう」

悔しそうに低めた声で折紙さんがつぶやく。ボクは答える代わりに、気持ちを集中させ能力を発動する。こらえきれない怒りが、青白い光とともに放たれる。

力は体じゅうに漲《みなぎ》った。ここからは攻《せ》めるのみ！

「サァッツ!!」

小走りでムガンへ近づき、キックを放つ。だけど、ムガンの目が青く光り、ＮＥＸＴ能力を発動するのと飛びかかるタイミングがほぼ同時で、姿が消えてしまった。

――これか、透明になる能力！

さっきまでムガンがいたはずの場所に着地し、次は電撃《でんげき》で狙いを定める。後方に立つムガンを確認し、素早く電撃を放つ。

電撃攻撃が外れても諦《あきら》めない。ボクには、フガンとムガンの体にダメージを与《あた》える以外にもある考えがあった。

「ハァッツ!!」

それがうまくいけば、きっと――。

けれども今度もムガンが瞬時《しゅんじ》に姿を消し、避《よ》けられてしまった。

「はずれ～～」

放った電撃は虚《むな》しく空中に散り、天井のケーブルとライトに当たってスパークを起こす。

――もう一度！

再びムガンめがけてキックを繰り出す。だが、今度は消えるのではなく体を避けて躱《かわ》される。ムガンは攻撃を受けるが、ダメージは受けていない。キックから手をかざして電撃をムガンめがけて放出する。

「ハァッ！」

「またはずれ～」

ムガンは姿を消して避けるが、攻撃範囲《はんい》を増やすため、空いていた片手でも電撃を放つ。

ボクの放った電撃だけが地下鉄のホームを伝い、向かいのホームの電灯が消えた。

——どこに潜《ひそ》んでるんだ？

ヤツの気配は感じられない。警戒しながら姿を捜していると、突然見えない方向から攻撃が与えられた。

「ほぉわちゃあ！」

「!?」

吹っ飛《と》ばされたボクを、ムガンはニヤニヤしながら眺めていたが、ふと奥の柱の陰《かげ》に隠《かく》れていた折紙さんに気付いて姿を消す。

「なに、君は休憩《きゅうけい》中？」

「！」

姿を消したムガンは折紙さんの前に現れ、突然話しかける。

「そっか、君まねっこ能力だもんね、弱そう～」

――ボクたちの能力も全部お見通しか。けど、それもある程度は予想できてた。

ボクはムガンに迫《せま》っていき、なおも攻撃をしかける。

「さあ！」

「ん？」

「やあ！」

だけど、振り向いたムガンはまたも姿を消し、ボクは空振《からぶ》りする。地面を転がりながらも体勢を立て直し、姿を消したままのムガンを捜す。

――絶対に諦めない。

ボクは決意とともに、ぎゅっと眉間《みけん》に力を入れる。

「ボクたちはおしゃべりは嫌《きら》いだよ」

すると少し離れた位置に姿を現したムガンが、ボクに向かって笑顔で手招きをした。


「手分けしてキッドたちを捜そうよ」

カリーナがＰＤＡに向かって提案すると、その隣にいたラーラが心配そうに言う。

「でも一人で行動するのは危険じゃ……」

「やっぱり二人一組になって」

アントニオが提案しようとすると、ライアンが即座《そくざ》にくつがえす。

「それじゃ埒《らち》があかねぇな」

ライアンと昴の隣では、トーマスがずっとスマホに目を落とし一心不乱に操作していた。

「こんなときまで協調性ゼロかよ！」

昴が苛立った声を上げた。

——皆、余裕《よゆう》のある状態じゃない。仲間割れをするのは避《さ》けたいが、なかなか名案も思い付かねぇ……。

虎徹は思案した末に口を開いた。

「やっぱり、キッドたちを捜すしか……」

「やめましょう」

トーマスが虎徹の意見をバッサリ斬《き》り捨《す》てる。

「「あ？」」

アントニオと虎徹は思わずポカンとする。

「そんなことしても無駄だ」

スマホ片手に言い放ったトーマスに、カリーナがさすがにムッとして告げる。

「ちょっとあんたね！」

「おい、お前さ！　マジでなんなの？」

昴が身を乗り出し、トーマスのスマホを奪《うば》い取《と》ろうとするが、あっさりとよけられ、テーブルに手をついてしまう。

「こんなときまでやめとけよ」

やれやれ、とアントニオが取り成す。だが、そこまでなぜトーマスが自分の作業を押《お》し通《とお》そうとする様子なのか、虎徹は音声を聞きつつ気になった。

「闇雲《やみくも》に捜すなんて体力を消耗《しょうもう》するだけだ」

「はぁ!?」

言いながらもスマホ画面を必死に目で追うトーマスに、昴は呆《あき》れた声を漏らす。

「敵の力は予測不能。できる限り、体力は温存しとくべきだ」

——体力は温存しておくべきです。バニーもそう言ってたな。

ふとバーナビーの発言を思い出す。虎徹はトーマスの徹底《てってい》した冷静さが嫌いではなかった。

ただ、もうちょっと言い方はあるだろう、とは思うが。

「お前なりに俺らを心配してくれたのか」

そう尋ねる虎徹の隣ではアントニオが苦笑《くしょう》している。

「らしいな」

ライアンのフォローも、トーマスはあっさり遮る。

「心配はしていません。犯人確保のために必要なだけで」

「え？」

フォローの当てが外れ、ライアンは肩透《かたす》かしを食う。一方昴の怒りはまだ収まらず、声を荒らげる。

「だから、それしまえって！」

「黙れ、今忙《いそが》しい」

昴の注意は一切《いっさい》聞き入れられず、虎徹は少しばかり気の毒になった。

「ああん⁉」

昴の怒りの声を虎徹とアントニオは「またか」と思いつつ聞いていた。

――だけど、全員の安全を守りながらキッドたちを捜す方法って……こんなときバニーなら思いつくかもしれねぇが、かなりの難問だ……。

虎徹は思案していた。


地下鉄駅構内では、パオリンとムガンの戦いが続いていた。さすがのパオリンも自在に消えてしまうムガンの居場所を見定められず苦戦を強《し》いられている。

パオリンがキックを仕掛《しか》けたところで、ムガンが姿を消す。

「⁉」

驚きに目を見開き、そのままパオリンは架線《かせん》の上に落ちてしまった。彼女は勢いそのまま奥へ転がっていき、柱にぶつかった。

パオリンは苦痛に顔を歪《ゆが》める。

「どうしたの？　疲《つか》れてきちゃった？　鬼《おに》ごっこいつまで続ける気？」

ムガンはまったく消耗していない。笑顔も崩《くず》さず、ずっと余裕の口調だ。

一方ゆっくり立ち上がったパオリンは、荒い息を吐《は》いている。

腕や体が、わずかに帯電している。電撃を放つ予兆と捉《とら》えたのか、ムガンが弾《はず》んだ声を出した。

「それでどうするの？」

「さぁああ！」

パオリンはムガンに向けて高圧の電撃を放つ。しかしそれを見抜《みぬ》いたムガンはまたも姿を消し、地下鉄の駅構内全体が一時停電になった。

「はい、無駄ぁ」

ムガンが姿を現し、同時に電灯も灯《とも》る。だがパオリンは間髪を容《い》れずに電撃を放つ。

「はっ!!」

電撃がムガンめがけて走る中、ムガンは姿を消すが、そのまま電撃は送電線に移り、配電盤《ばん》が破裂《はれつ》、構内でスパークが起こって真っ暗になった。

そして、地下鉄入り口を中心に街の灯《あか》りもすべて消えた。

「もしかしてこれが狙い？　停電作戦。けど残念……地下鉄って至るところに予備電源があるんだよね～」

ムガンの言葉通り、ホームの電灯が一つ明滅《めいめつ》して点灯する。

いつの間にかムガンはパオリンの背後に立ち、余裕の表情で見下ろしていた。

「そろそろ飽《あ》きたし、決着つけよっか」

「だね」

しかしその声はムガンの前にいるパオリンから発されたものではなかった。その声は、ムガンから少し離れていて――。

「あり？　ん？」

目の前のパオリンと声を発したパオリンを見比べ、一瞬《いっしゅん》ムガンが戸惑った隙にパオリンに擬態《ぎたい》したイワンが手裏剣《しゅりけん》を投げる。

「はぁあああ!!」

「イデッ！」

手裏剣に気を取られているムガンの手をガッチリ掴むと、今度は本物のパオリンが思い切り電撃を浴びせた。

「ハッ!!　……ふぎゃあああ～！　あぎゃぎゃぎゃぎゃぎゃあぁ～っ!!」

ムガンがあっけなく電撃にやられ、ふにゃふにゃと地面に崩《くず》れ落ちる。擬態を解いたイワンはムガンとパオリンに歩み寄る。

「油断は命取りでござる」

「お前の兄弟もすぐ捕まる……もうすぐみんなが助けに来る」

強いまなざしでパオリンは言い、地面に顔を伏《ふ》せたムガンの腕を捻り上げる。さっきまであんなに威勢《いせい》のよかったムガンは泣き顔を見せていた。

「ビリビリやめてね。逃《に》げないから……」

『見つけた』

スマホをいじっていたトーマスが鋭い声を上げた。

「え!?」

俺とアントニオは意味がわからず聞き返す。映像では、何としてもスマホを取り上げようとしていた昴がキョトンとした顔をしていた。

『キッドと折紙の居る場所はブロンズステージ、工事中の地下鉄線路内。タイガーたちの居る病院から目と鼻の先ね』

アニエスが通信で場所を説明する声は、どこか明るさを含《ふく》んでいた。

俺は病院の地下駐車場に停めていた『クロノスフーズ』のトランスポーターの裏から、ロンリーチェイサーで出動した。

『おう！　もうすぐ着く！』

走行を続けながら通信に応答する。他のヒーローたちも、ブラックとトーマスは『ジャングル』の社用ヘリで、ブルーローズは専用のバイクの後ろにキャットを乗せ、ライアンも自らのバイクで移動する。ロックバイソンはトランスポーターから打ち上げられ、自らのスーツで落下しながら通信で話している。

『なぁ、いつ気付いたんだよ。キッドさんが電流で何度も停電起こして位置を教えようとするって』

悔しそうにブラックがつぶやくと、トーマスはこともなげに答える。

『少し考えればわかる』

『なら初めからそう言えよ！　ＳＮＳから停電情報を集めてるって』

まーた揉めてんのかこの二人は。

俺は二人のやり取りに、ずいぶんと助けられる気持ちになっていた。

「まぁ、いいじゃねぇか。お手柄《てがら》だぞ！　トーマス」

『だね！　見直した』

ブルーローズも褒《ほ》め、ライアンも意見する。

『ま、今までがマイナス気味だったからプラマイゼロだな』

『そういうの大丈夫です。僕は僕のために情報を集めていたに過ぎませんから』

辛口《からくち》気味のライアンにそう返したトーマスが、また彼らしくて俺は思わず笑っちまった。

『んだよ、感じ悪いな！』

ブラックは一貫《いっかん》して面白《おもしろ》くなさそうだな。

『情報収集し、状況を整理すれば概《おおむ》ねのことは推理できる』

『は？　推理？』

聞き返したブラックに、トーマスは落ち着いて続ける。俺は通信を聞きながら、目指す地下鉄の駅に近付いていた。

『犯人の形跡から、少なくとも一人の能力は明白だ』

『そう、なのか？』

ロックバイソンも聞き返す。トーマスは淀《よど》みなく続ける。

『ええ、誰にもバレずにトップシークレットのデータを盗《ぬす》んだこと、警備員のいるバーナビーさんの病室に忍《しの》び込んだこと、そこから考えるに、犯人の能力は……』

『キッドたちから連絡が入った』

そこへ突然アニエスから通信が入り、俺たちはそちらに意識を集中させる。

『今、皆の回線にもつなげるわね』

アニエスがスイッチングルームで通信を切り替えると、キッドの声が聞こえてきた。

『みんな、聞こえる？』

思ったよりも元気そうだ。俺はにわかに安堵した。キャットも嬉しそうな声で答える。

『キッドさん！』

『折紙!?　折紙も無事か？』

慌てて確認するロックバイソンに、折紙が答える。

『はい！』

『そうかぁ～～！』

安心した様子のロックバイソンの声に、俺も嬉しくなる。

『すみません、ＰＤＡを壊されてしまって……けど、やっと連絡が取れました』

申し訳なさそうに話す折紙の後ろで、すすり泣くような声が聞こえてくる。

『安心しろ、すぐ近くだ！』

ロックバイソンに続き、俺も尋ねる。

『お前ら、ケガは？』

『ボクらは大丈夫。けどごめん、一人逃がした』

少し声のトーンを落とすキッドに、ブルーローズが語気を強める。

『そんなの、謝ることないよ！』

『フガ～ン、助けて～……』

背後で泣き声を上げていたヤツが、助けを乞《こ》うている。

『その情けねぇ泣き声は犯人か？』

ライアンが呆れたように尋ねる。キッドも余裕で返答する。

『うん』

ったく、意外と口ほどでもねぇヤツだったたな。

『後でたっぷり話を聞かせてもらうからな！』

俺がそう伝える間も『ビリビリ怖《こわ》いよぉ～』と泣く声が響き続けている。

――よし、やっとこれで解決できる。

俺たちは地下鉄の入り口へ急いだ。

先に着地したロックバイソンが入り口に近付き、その後ろに俺もロンリーチェイサーをつける。地下鉄駅に続く階段を下りるところでキッドから通信が入った。

『そうだ、厳重に確保しなきゃ』

「厳重？」

聞き返すと折紙が補足する。

『ええ、ちょっと厄介《やっかい》な犯人でして……』

ロックバイソンが進みながら「厄介？」と繰《く》り返《かえ》す。

俺たちは工事中のプレートを飛《と》び越《こ》え、やっと構内に足を踏み入れた。階段の途中《とちゅう》から、犯人を押さえつけているキッドと折紙が見える。

俺たちに気付いたキッドが手を振る。

「実は犯人の能力は……カメレオンのように透明になること」

折紙は犯人の能力について話し続けている。ブルーローズ、ライアン、キャットも今頃《いまごろ》到《とう》着《ちゃく》した頃《ころ》だろう。

やはり付近に到着しているだろうトーマスが、折紙の説明を聞いて叫んだ。

『違う、そうじゃない!!』

『え⁉』

見つめるブラックにトーマスは重ねて言う。

『そいつの能力は、ワープだ！』

それまでグスングスン泣いていた犯人の男が、地面に押さえつけられたまま笑みを含んだ声で言う。

「大正解～」

キッドと折紙がハッとする。

「どう？　敢《あ》えて隠してミステリアスな感じ、出してみたんだけど？」

「えっ⁉」「あっ⁉」

驚く二人の目の前で男は消えたかと思うと——再び姿を現したときには、キッドと折紙を両腕で羽交《はが》い締《じ》めにしていた。

「「うっ⁉」」

思わず声が漏れる。捕まっている二人は驚きのあまり声が出ない。

犯人の男はニヤニヤと気味の悪い笑みを浮かべた。

「次はもっと倒し甲斐《がい》ある感じでね！」

俺もロックバイソンも突然の展開に動くことができない。

そこへ、階段を下りてきたキャットが叫ぶ。

「キッドさんたちを放して！」

走り寄ろうとするキャットを、ロックバイソンが慌てて止めた。

「バイバイ」

ニヤッと微笑むと、男はキッドと折紙を連れたまま……跡形《あとかた》もなく消えた。

「キッドさん！　……イヤ……イヤ――!!」

顔を覆ってしゃがみ込《こ》むキャットにブルーローズが駆《か》け寄《よ》る。一緒に到着したライアンも困惑している。

「ねぇ、何が起きたの!?」

「おい、誰か説明しろ！」

俺はマスクの内側で、悔しくて歯噛《はが》みしていた。目の前で二人を連れ去られちまった。

「……クソォ！！！」

絞《しぼ》り出すようにやっと出た言葉はそれだけだった。

小説 TIGER & BUNNY 2

パート1

≫第11話

Every cloud has a silver lining.

（どの雲も裏は銀色）

★★★

忘れもしない子どもの頃《ころ》、俺《おれ》たちはいつもお腹《なか》を空かせていて、汚《よご》れたまま着替《きが》える服も持っていなかった。

親のいない俺たちは自分で食事もどうにかしなきゃならなくて、でも子どもだから正しいやり方なんて知らなかった。

それに……周りに教えてくれる人なんて誰《だれ》もいなかったんだ。

「いいから早く！　ハピネスセット十個持ってこいよ！」

まだ小さかった俺はムガンと二人、ハンバーガーショップのカウンターに手をついて注文した。だけど店員は俺たちを見ただけで馬鹿にしたような視線を送り、品物を出してはくれない。

「お前ら、親は？」

「関係ないだろ！　ほら、金ならここにあるんだ！」

ムガンがカウンターの上にいくつか財布《さいふ》を放り出すと、店員の顔色が変わる。

「ん？　この財布、どこから盗《ぬす》んできた!?」

店員が俺の手を摑《つか》み、捻《ひね》り上げる。ムガンは俺を助けようとカウンターによじ登った。

「フガンを放せ！」

ムガンは店員に飛びかかったが、簡単に振《ふ》り払《はら》われ、床《ゆか》に叩《たた》きつけられる。

「うぅ……」

「ムガン！　はぁぁぁ……！」

――こいつ、よくもムガンを！

俺はムガンを痛めつけられた怒《いか》りで、能力を発動させようとする。それを見た店員は汚《きたな》いものでも扱《あつか》うように俺を放り出した。

「お前、ＮＥＸＴか！」

店員はカウンターの下に隠《かく》していた銃《じゅう》を俺に向ける。

「だから何だよ？　ＮＥＸＴだって食べなきゃ死んじゃうんだぞ！」

「バケモノめ！」

俺は店員を睨《にら》み、今度こそ能力を発動させようとした――そのとき、

「騒《さわ》がしいな」

一人の男の人が俺たちのもとへ歩いてきた。


今、俺たちはキレイなホテルにいて、ムガンが鏡に向かって櫛《くし》で髪《かみ》をとかしている。

「いやぁ、久しぶりに歩いたから疲《つか》れたよ」

そう言うムガンの近くで、俺は服についた埃《ほこり》を払《はら》っていた。

「ねえ、髪《かみ》の毛《け》ブラシしなくていーい？」

面倒《めんどう》になってムガンに尋《たず》ねる。俺の方が髪が長いから手入れが大変だ。

「駄目《だめ》！　ちゃんとしないとおじちゃんに叱《しか》られるぞー！」

するとすかさず、ムガンが厳しく注意してくる。

「わかってるってぇ」

笑いながら答えた俺の目に、俺たちの宝物――あのとき手に入れたハピネスセットのおもちゃの車たち――が見えた。

どこへ旅するときも、このおもちゃだけは持っていくんだ。


あの日、ブラーエおじちゃんは教えてくれた。

店員を倒《たお》し、ハピネスセットを手に入れてくれた後、俺たちの汚れた顔をハンカチでキレイに拭《ふ》いてくれたんだ。

「綺麗《きれい》な服を着ろ。風呂《ふろ》に入れ。舐《な》められる隙《すき》を作るな」

ムガンと俺の目線にしゃがんでくれたおじちゃんは、きちんとしたスーツを着た紳士《しんし》だった。

それなのに、俺たちを見下したり、馬鹿にしたりしなかった。

「わかったか？」

俺もムガンもすぐに察したんだ。

――この人は俺たちの味方だ、って。

俺とムガンは同時に頷《うなず》いた。

「「うん、わかったよ。おじちゃん」」

バーナビーの病室で付《つ》き添《そ》っていた虎徹《こてつ》は、ＰＤＡでアニエスからの通信を受けた。

『キッドと折紙《おりがみ》が見つかったわ。スカイハイたちと同じ状態でね』

キースとネイサンは変わらず硬直《こうちょく》した状態で入院しており、同じ病室に硬直したパオリンとイワンが運ばれてきていた。

心配そうな表情のアントニオが病室の窓越《ご》しに、彼らを見ている。

カリーナとライアンは『タイタンインダストリー』のデスクで、通信を聞いていた。

トレーニングルームではトーマスがマシンを使って筋トレをしていた。同じくトレーニングルームで通信を聞いている昴《すばる》はトーマスに不満そうな視線を向ける。

『敵の能力はワープと相手を硬直させる……厄介《やっかい》ね……最悪なことにあなたたちの素面《すめん》も割れている。単独行動は避《さ》けること……』

ラーラは自宅のソファで一人、膝《ひざ》をかかえ顔を俯《うつむ》かせている。肩《かた》を震《ふる》わせ、ラーラは泣いていた。

『活動時以外はトレーニングルームに集まること。そこもいつまで安全かわからないけどね』

通信を終え、虎徹は眠《ねむ》っているバーナビーに視線を落とす。

――なぁ、バニー。お前ならどうする……？　この局面をどう乗《の》り越《こ》える？

心の中で問いかけた後、弱気になっている自分に嫌気《いやけ》がさした。

――ごめんな、ちょっと気持ち、立て直してくるわ。

虎徹はバーナビーに心中で語りかけ、席を外した。


とりあえず待合室でコーヒーを飲むことにした。あたたかいコーヒーはいくらかもどかしい気持ちを落ち着かせてくれる。だが、身動きが取れない状況《じょうきょう》を思い出し、心の叫《さけ》びが漏《も》れた。

「クソッ！」

「え、え？」

俺の声は思ったより大きかったようで、その場に居合わせた男性を驚《おどろ》かせちまった。

他にも休んでる人がいるってのに、謝《あやま》らなきゃ……そう思っていると、

「タイガーさん？」

男性は俺に気付いて声をかけてくれた。ファンだろうか？

「ど、どうも～」

「僕《ぼく》、バーナビーの幼馴染《おさななじ》みで、前に娘《むすめ》さんと……」

自己紹介《しょうかい》をしてくれて俺はやっと思い出した。

「ああ、マッティアさん!?　はす向かいの！」

「はい！」

俺がバニーの呼び方そのままに叫んだら、マッティアさんは嬉《うれ》しそうに笑ってくれた。

「……おかしいなと思っていたんです。連絡《れんらく》しても返ってこないから。こんなことになっているなんて」

マッティアさんと一緒《いっしょ》に俺はバニーの病室へ戻《もど》った。眠っているバニーの姿を見て、マッティアさんは心底悲しそうな表情だった。

バニーとは、親友だって言ってたもんな……。俺はバニーを気遣《きづか》ってくれる友達がいることが嬉しく、少しだけ救われた。

「会ったばっかだけど、一つお願いしてもいいかな？」

「え？」

彼なら、バニーを心から応援《おうえん》し、見守ってくれるだろう。

「しばらく見舞《みま》いに来らんねぇかもしれねぇんだ。たまにでいいから見に来てやってほしいんだが」

マッティアさんは大きく頷く。

「もちろん！　言われなくても来るつもりでした！　僕も入院中で寂《さび》しいですし」

明るく答えてくれた彼に、俺は安堵《あんど》していた。

「ありがとな」

バニーが目を覚まして、全部解決したら三人で飯でも行きたいな。

うん、それは悪くない考えだ。

今日を境に、トレーニングルームに常駐《じょうちゅう》することになる。俺はマッティアさんと別れて病院の地下駐車《ちゅうしゃ》場から車を出した。

——腹を括《くく》るしかない。

特に新人ヒーローたちは不安だろうから、精神的にもサポートが必要だ。

運転席に差し込んでくる日を浴びながら、強い決意とともに俺はエンジンを踏《ふ》み込んだ。


ザミラは鼻歌を歌いながらラーラの荷物をまとめている。

室内はクリスマスの装飾《そうしょく》が施《ほどこ》され、棚《たな》の上にはアドベントカレンダーが置かれている。クリスマスイブを明日に控《ひか》えいつもならラーラにとって心が躍《おど》るクリスマスも、今は不安に押しつぶされそうで、とてもそれどころではなかった。

——目の前でキッドさんがさらわれてしまった。

ラーラの頭の中からは、あの日の——犯人に連れ去られたときのパオリンがどうしても離れなかった。パオリンを助けるには、犯人を捕《つか》まえるしかない。それは十分わかっているのに、恐怖《きょうふ》が勝ってしまい何も手につかないのだ。

「これはチャンスよ、ラーラ」

ラーラに背を向けたまま、ザミラが言う。

「へ？」

「キッドは残念だったけど、今あなたが頑張《がんば》れば取って代われる！」

「ママ……？」

ラーラはその場で啞然《あぜん》とした。しかしザミラは上機嫌《じょうきげん》で続ける。

「あなたを貶《おとし》めようとするから、きっと罰《ばち》が当たったのね！」

「もうやめて!!」

自分のことを想《おも》っての発言だとわかっている。だが、ラーラは気が付くと声を上げていた。

ザミラが驚いた顔で動きを止める。しまった、と思ったラーラは小さく取《と》り繕《つくろ》う言葉をつぶやく。

「あ！　……荷造りありがとう。もう行かなきゃ」

視線を逸《そ》らしてソファから立ち上がると、ザミラが支度《したく》してくれたスーツケースを手にラーラは部屋を出た。

「ラーラ？」

ザミラはラーラの言葉に、驚きを隠せなかった。

「すげぇな、こりゃ」

ブルーローズの家の前に車を停《と》めると、家がまるごとイルミネーションやらオーナメントやらリボンやらでキラッキラにデコレーションされていた。

その幸せそうな様子から、この家がどんなにクリスマスを心待ちにしていたかがわかる。

——明日イブなのにな……。

親御《おやご》さんを気の毒に思っていると、玄関《げんかん》からマグカップを二つ手にした女性が現れた。

「ごめんなさいね、お待たせして」

「あなたは……カリーナのお姉さん？」

「やだもう！」

彼女は笑いながら、カップを手渡《てわた》してくれた。中にはホットレモネードが入っている。

「すみません、急に泊《と》まりの仕事になって……心配ですよね」

ホットレモネードを一口飲み、ブルーローズのお母さんに声をかけた。

「ぜーんぜん！　もう慣れっこよ～」

彼女は明るくそう言ったが、マグカップを持つ手がかすかに震えていた。

——無理もない。出動のたびに、娘の無事を祈って身を削《けず》られるような想いをしてるんだろう。

「にしても、あの子ってついてないわね」

顔を俯かせ、彼女は言う。

「ん？」

「だって今日はお友達の……」

「余計なこと話さなくていいから！」

お母さんが話そうとしたところで、身支度《みじたく》を終えたブルーローズがこちらへ歩いて来て話を遮《さえぎ》った。

「もう、すぐ怒《おこ》るんだから」

やれやれ、といった様子のお母さんにまたそっけなくブルーローズは言う。

「怒ってない。行こう！」

ブルーローズは俺の車のトランクを開けて、自分の荷物を積《つ》み込もうとする。

困っているようなお母さんに俺は笑顔《えがお》とともにマグカップを返した。

「最高のレモネードをどうも」

彼女は微笑《ほほえ》んで、それを受け取る。

「大丈夫《だいじょうぶ》です、俺もついてますから」

そんなことしか言えなかったが、少しでも心の負担が軽くなればいいんだがな……。

ブルーローズは何か言いたげな表情でトランクを閉めながら、俺たちのやり取りを見ていた。

助手席でブルーローズは少し不機嫌《ふきげん》そうな顔で座っていた。

「で、今日はお友達の何だったんだ？」

「別にいいから！　気にしなくて」

素直《すなお》には教えてくれないだろうな、と思いつつ尋ねてみたが、やはりブルーローズはツンとしてそれを遮る。

「言えって」

もう一度強めに言うと、顔を窓の外に向け、ブルーローズはぽつぽつと話しはじめた。

「……友達のバンドのお披露目《ひろめ》があるの」

「んっ？」

それって、すげぇ大事なことじゃねぇか。

「まぁ……お披露目って言っても公園でやる路上ライブ的なので」

「どこの公園だ？」

俺はブルーローズを見るが、彼女はますます顔をそむける。

「だからいいって！　友達を危険な目に遭《あ》わせたくないし……」

まったく素直じゃねぇんだからな。

俺はアクセルを強く踏み込む。車は急加速してブルーローズはシートに押《お》し付《つ》けられた。

「あ！　ちょっと、危ない！」

ブルーローズは俺の意図がわかったんじゃねぇかな。で、俺はさらにシフトアップしてスピードを上げる。シートに摑まりながらブルーローズは慌《あわ》てて言った。

「わかったわかった！　言うから！」

★★★

アプトン研究所の実験室。

ブラーエとシガニーは中二階からガラス越しに一階の実験室の様子を見ていた。

一階では囚人《しゅうじん》服を着た男が足だけを拘束《こうそく》された状態で立っている。少し離れたところには研究員がおり、銃を持った黒服の男が囚人服の男を見張っていたが、ブラーエは少々警備が手《て》薄《うす》だと感じた。

「もっと拘束した方が……」

しかしシガニーは意に介《かい》さない様子で答える。

「平気よ。実験向きの能力だから」

「ん？」

シガニーは通信用のスイッチを押し、告げる。

「彼に見せて差し上げて」

すると通信が聞こえたのか、一階の囚人服の男は両手を広げるとＮＥＸＴ能力を発動し、待機していた所長のランドルに近付き、彼をハグした。

ランドルをハグしたまま男の体全体が青白く光ったかと思うと、ランドルが呻《うめ》き声を上げ彼の爪《つめ》が長く伸《の》び始めた。それも植物の蔓《つた》が伸びるようにどこまでも長く――。

「他のNEXTの能力を暴走させる……それがあの青い目のマウスの能力」

シガニーが得意げに説明する中、ハグを解かれたランドルは床に尻《しり》もちをつき、長い爪のまま体を青く発光させ俯いている。

囚人服を着た男は、邪悪《じゃあく》な笑《え》みを浮かべてシガニーを見上げた。ブラーエはその顔に見覚えがあった。

「グレゴリー・サンシャイン？」

「あらご存じ？　凶悪犯《きょうあくはん》として有名ですものね」

――これだけの凶悪犯を単なる実験台に使って支障はないのだろうか。

そんな疑問がブラーエの頭をよぎる中、一階では研究員が投薬実験の開始をアナウンスしている。

グレゴリーは再び椅子《いす》に座らせられ、今度は手足を拘束された状態で研究員から注射されようとしていた。

実験の様子に一抹《いちまつ》の不安を感じ、緊張感《きんちょうかん》を持って見守る。

そんなブラーエの背中に、ふいに楽しそうな声がかかった。

「「おじちゃ～ん！」」

振《ふ》り返《かえ》ると、フガンとムガンが肩を組み、研究室内にワープしてきたようだった。ブラーエは二人の笑顔を見ると少し緊張がほぐれるのを感じた。

「おじちゃんが言ってたあれ、もらいにきた～」

用事を伝えるフガンに、ブラーエは穏《おだ》やかに答えた。

「そこにあるよ」

ブラーエは相手の通信機能を断《た》つ、ジャミング装置を持っていくように指示していた。

「ありがとう！」

ムガンがお礼を言い、フガンがブラーエの示した機材を手に取り、小脇《こわき》に抱《かか》える。

――彼らはとても礼儀《れいぎ》正《ただ》しく、その上純粋《じゅんすい》だ。

ブラーエは二人を見ていると、気持ちが和《やわ》らいだ。

「「じゃ、行ってきまーす」」

フガンとムガンは横に並ぶとブラーエに挨拶《あいさつ》して、ワープで消えていった。

「フフ、どちらも順調。あなたもいい駒《こま》をお持ちね」

シガニーのからかうような口調に、ブラーエは思わず嫌悪《けんお》し顔をそむける。

「彼らは駒などではありません」

人を駒かどうかで判断しなければ組織ではのし上がれないという一面もある。だが、全員がそうあるべきとは限らない。

ブラーエがシガニーに異論を唱えたのは初めてだった。

「……フン」

シガニーはそれが面白《おもしろ》くないようだ。しかし、彼女の機嫌《きげん》を損《そこ》ねてでも、それだけは譲《ゆず》れなかった――。


トレーニングルームには、まだ虎徹の姿は見えなかった。ブルーローズとライアンも向かっている最中か。

筋トレに励《はげ》んでいるトーマスの、マシンを動かす音が聞こえる。休憩《きゅうけい》用の椅子にはしょんぼりした様子のキャットと、少し離れた所で壁にもたれているブラックの姿があった。

「あれ？　お前らだけか！」

俺は紙袋《かみぶくろ》を持ち上げて、ルーキーたちに見せる。中には来る途中《とちゅう》でテイクアウトしてきたケバブがたくさん入っていた。俺の持論じゃ、元気が出ないときは飯、それも肉！　を食べれば少しは気持ちが上向いてくると思ってる。

「うちの近所のだ。結構いけるぞ！」

「え、いいんすか？」

少し顔が明るくなったブラックにケバブを手渡す。

「食え食え！　お代わりケバブもあるぞ！」

俺はトーマスのマシンのそばまで近付き、紙袋を探《さぐ》る。ケバブは食わないだろうから、ささみとブロッコリーをパック詰《づ》めにしたものを買って来た。

「トーマスにはこれな！　オーガニック専門店のだぞ！　ほれほれ！」

「……どうも」

トーマスは素直に受け取って、マシンのそばに置く。

よしよし！

続いて俺はキャットに近付く。彼女が一番ショックを受けていることはわかっていた。

「キャット！　飯食ったか？　ほれ」

手渡すと、キャットは立ち上がり「ありがとうございます」とそれを受け取った。

「落ちこむのはわかるけどよ、食っとかねぇとチカラでねぇぞ！」

「……ごめんなさい」

いやいや、落ちこんでるからって何も謝らなくても。

「全部、私のせい。昨日お見舞いに誘《さそ》われたのに……私、怖くて」

キャットは俯き、話し始めた。

昨日、ドラゴンキッドから一緒にスカイハイたちの見舞いに行こうと誘われたが、お母さんと約束があるとそれを断ったのだそうだ。するとそこに居合わせた折紙が、自分が一緒に行くと申し出たという。

「それで折紙さんが行くことになって……私が怖がらなかったら折紙さんは巻き込まれなかっ

た……ううん、もしかしたら二人とも……」

泣きそうなキャットの前で、俺はわざとケバブを大きくかじり取って食べる。

「お前さぁ、そんなことで落ちこんでんの？」

「え？」

キョトンとした顔のキャット。少し離れた場所でケバブを食べていたブラックが声を上げた。

「ちょっと、そんな軽い言い方！」

「俺なんて一緒に病院まで行ってんのに、相棒やられちまってんだぞ？」

俺が答えると、ブラックは「あ！」と言葉に詰《つ》まる。

そうだ。犯人がすぐ近くにいたはずなのに、何にもできなかったのは俺だ。悔《くや》しくて情けなくて少しでも時間があるとそのことばっかり考えちまう。

だが悔しいけど、こっから取り返していかなきゃいけねぇ。俺はケバブの包み紙を握《にぎ》り潰《つぶ》した。

「まぁ過ぎたことはしょうがねぇって。泣くなとは言わねぇが、俺らが今相棒のためにできるベストが何なのか考えよう」

俺は自分に言い聞かせるように言っていた。本当は俺だってどうしたらいいかわからないし、後悔《こうかい》だらけだ。でも、

「悲しくてもクヨクヨなんかしてられねぇ！　俺らはヒーローなんだ」

キャットは、驚いたような顔をして黙《だま》って聞いている。

「で、お前にできるのは食うことだ」

「は！」

目を見開いたキャットは座ってケバブを食べはじめた。

「ん！」

食べてるな、偉《えら》いぞ！

辛《つら》いと思うが……俺がしてやれることは限られてるんだよな。

俺はキャットが食べてくれたことに安心して、そのまま彼女を見つめていた。


満足そうにキャットを見つめているアントニオの背後に、フガン、ムガンがワープで現れる。

しかし、アントニオはそれに気付かない。

ムガンの体からはＮＥＸＴ能力を発動した青い光が放たれていた――。

同じジャスティスタワーの司法局、執《しつ》務《む》室《しつ》前。

資料を手にしたユーリが、視線を資料に向けたまま扉《とびら》を開けようとしていた。

「管理官殿《どの》！」

「っ！」

ユーリは声のするほうに顔を向ける。そこには神妙《しんみょう》な表情の虎徹が待ち構えていた。

「お願いがございます」


入院中のマッティアの病室。

見舞いに訪《おとず》れたランドルは、いつになく上機嫌だった。これまでため息をついているか、研究を急《せ》かし、「パワハラじゃないから訴《うった》えないでね」とばかり繰《く》り返《かえ》してきたランドルが……持ってきてくれたバナナを食べながらニコニコ微笑んでいる。

「新薬に成果が!?」

マッティアは思わず聞き返した。

「そーなんだよ！　聞いて驚け！　なんとな……非ＮＥＸＴじゃなくてＮＥＸＴの能力を増強させることがわかったんだ！」

「え」

ランドルは嬉しそうだったが、マッティアの心中は穏やかではなかった。

――それでは僕の研究目標の真逆になる。能力のない人も持てるようにする薬を作ることに意義があるんだ――。

「やったなマッティア！　私たち、大金持ちだ！　取材とか来ちゃうんじゃないか？」

こんなにはしゃいでいるランドルは見たことがない。マッティアは様々な不安が頭をよぎった。

「それで今も臨床《りんしょう》実験を？」

「ああ、まさにナウ！　スポンサー様もご機嫌《きげん》だぞ」

マッティアはその一言に引っかかった。

「あの、ずっと聞きたかったんですが、スポンサーって一体……」

ランドルは急に口ごもり、誤魔化《ごまか》すようにバナナを口に押し込む。

「ん？　それは……お前には関係ないことだっ！」

何か悪いことに使われなければいいんだけど……。

明らかに隠しごとをしているランドルの態度に、マッティアの不安は大きくなっていた。


執務室に通された虎徹は、ユーリの前で訴えていた。

「このまま好きにさせておくつもりですか？　いつ犯人に襲《おそ》われるかわからねぇままビクビクし続けるなんて」

ユーリは虎徹の訴えを冷静に遮る。

「現段階では対策の打ちようが……」

「対策なんて一つしかない！　犯人をおびき寄せましょう」

虎徹は身を乗り出し、さらに強く訴えた。

――もうこれ以上、一人の犠牲者《ぎせいしゃ》も出さない――打診《だしん》できるのは年長者の俺しかいねぇ。

状況は切迫《せっぱく》していた。ユーリはそんな虎徹の顔を見る。

もう一押《ひとお》しとばかり、虎徹は続ける。

「あのふざけた犯人なら、きっと誘いに乗ってくる！」

「賛同しかねます。犯人の能力への対処法もわからないのに全員で飛び込んで倒されでもしたら……」

虎徹の意見をユーリは即座《そくざ》に却下《きゃっか》したが、譲らず言葉を続けた。

「じゃ、やられるのを待てっつうんですか？　こうしている間にも俺たちを襲おうとしているかもしれないのに！」

打てる手はすべて打つべきだ。虎徹はここで引き下がるつもりは絶対になかった。


カリーナとライアンが到着《とうちゃく》すると、公園ではカリーナの友達のジェーンがバンド演奏をしていた。演奏は始まっていたが、近付いて手を振《ふ》るカリーナにジェーンも気が付いて手を振り返した。カリーナもジェーンも嬉しそうに微笑む。

少し離れたところで、サングラスをしたライアンも口元に笑みを浮かべていた。

カリーナは大好きな友達の歌声に、自然と緊張がほぐれていった。

天気もよく、観客が多くいる幸せな公園の昼下がりはカリーナが現在置かれている厳しい状況を束《つか》の間《ま》忘れさせてくれた。

「……ありがとう」

車に戻り、カリーナは公園に立ち寄ってくれたライアンにお礼を言う。

「ん？」

「やっぱりライブ行けてよかった」

スマホに目を落とすと、画面には高校時代のカリーナと友達のジェーン、エミリーが表示されている。この写真を見ると、自然と元気が出てくる一枚だった。

「だろ？」

ライアンは嬉しそうに答える。

「高校からの友達なの。この仕事のせいでドタキャンばっかなのに友達でいてくれた子で……」

写真を見ながらカリーナは言う。

「へぇ」

「前は自分の時間で動けないのが辛いって思ったこともあったけど、全部自分が決めたことだもんね」

運転を続けながらライアンは黙ったまま話を聞いている。

「ヒーローも友達も、学校も歌も、なるべく後悔しないで生きなきゃね」

ライアンに話しながら、いつの間にかカリーナは自分に言い聞かせるように言っていた。

「なあ」

「ん？」

「悪かった……昨日」

視線は前を向いたままだが、真剣《しんけん》な口調で突然《とつぜん》ライアンが切り出した。

「え？」

「ほら、あれだよ。顔がバレてる俺じゃ守れないって」

カリーナは昨日言い合ったことを思い出す。

――まぁ、私も熱くなっちゃったけどライアンに悪気がなかったこともわかる。

「あれは……ムカついたけどもう別にいいよ」

照れながらカリーナがそれ以上追及《ついきゅう》しないでおこうとすると、ライアンは強い口調になる。

「いんやよくない！」

「ん！」

どこか切羽詰《せっぱつ》まった言い方に、思わずライアンを見た。

「ずっと思ってたんだ、俺がブルーローズを守らないと。相棒はその……女なんだしって」

「ああ」

「相棒は相棒。男も女も関係ねぇのに……どっかで俺が守ってやんなきゃって。姫《ひめ》の相棒の俺が一番分かってなきゃいけねぇのにな。ブルーローズは誰よりも強くて熱くて最強のヒーローだって」

カリーナはその言葉に驚く。恥《は》ずかしくもあるが、そう言ってもらえて誇《ほこ》らしかった。

「ライアン」

「守るんじゃなくて助け合う！　男も女も、上も下もねぇ。それならいいだろ、姫？」

「う……」

ライアンのストレートな言葉が、胸に響《ひび》いていた。けれども、カリーナはうまく返答できずにいた。

「あ、この呼び方もやめた方がいいか」

慌てるライアンに、わざとそっけなく返す。

「別にやめなくていいけど」

「え」

「割と嫌《きら》いじゃないし、その呼び方」

「そうなの⁉」

急に嬉しそうに明るい声を出すライアンにカリーナは慌てて言い直す。

「やっぱ禁止！　姫禁止！」

「そう言うなって！　姫ぇ！」

ライアンがふざけて繰り返した直後、車の後部座席が突如《とつじょ》ズシンと沈《しず》んだ。

「ドライブって楽しいね！」

「えっ⁉」

耳慣れない声にライアンは驚きの声を漏らした。バックミラーに、後部座席に乗り込んだムガンがニヤニヤと笑っている様子が映っている。

ムガンは身を乗り出し、カリーナとライアンの肩に手を置くとささやいた。

「そろそろ行こっか？」

その一瞬《いっしゅん》の後、カリーナとライアンはムガンのワープに巻き込まれ、車中から連れ去られてしまった。

運転手のいないライアンの車は軌道《きどう》を外れて壁に衝突《しょうとつ》し、ムガンに連れられた二人は建物の上、ビルの屋上に一時的にワープしてから、どこかの室内に放り出された。

「!?」

――ここは？

カリーナが体を起こすと、そこはジャスティスタワー内のトレーニングルームだった。

「こんにちは、今かくれんぼしてるんだ！」

明るい声のするほうへ顔を向けると、フガンが両手を振りながら笑顔でカリーナを見ている。

「え」

よく見ると周囲の壁《かべ》は破壊《はかい》され、休憩室まで見通せるほど大きな穴が開いた壊滅《かいめつ》状態だ。

「えっとぉ～」

フガンは楽しそうに周囲を見回し、ムガンもそれに加わり言葉を合わせる。

「「猫《ねこ》と、黒いのと白いの！」」

ラーラは休憩室の丸い椅子の陰《かげ》に隠れて震えている。

昴とトーマスは倒れた長机に隠れている。彼らは既《すで》に戦った形跡《けいせき》があり、それぞれが怪我《けが》をしていた。

そこへ能力を発動したアントニオがジャンプして頭上から二人に襲《おそ》い掛《か》かった！

「うおおお！」

しかしそれより一瞬前に気付いたムガンがフガンの肩に触《ふ》れると、二人はワープして攻撃《こうげき》を逃《のが》れ、アントニオは空振《からぶ》りして着地する。

「ロッキー！」

「『あと、牛！』」

カリーナたちを振り返ったアントニオに、ライアンが声をかける。

「クソッ！」

避けられたアントニオが悔しそうに声を漏らす。

「ムガンとな、話したんだよな」

「六対二くらいじゃないと面白くないって」

ヘラヘラと余裕《よゆう》の笑みを浮かべながらフガン、ムガンは言い合う。

「はあああああっ！」

カリーナは能力を発動させ、氷の柱を放つ。氷は大きなツララとなって、地面を覆《おお》っていき二人の足元まで迫《せま》る。だが、フガンもムガンもそれをかわした。

「卑怯《ひきょう》だぞ‼　話してる途中に攻撃なんて！」

ライアンも間髪《かんはつ》を容《い》れずにＮＥＸＴ能力を発動し、地面に手を着く。

「どっど～ん‼」

だがライアンの重力増幅《ぞうふく》もムガンのワープで避けられてしまった。重力の衝撃《しょうげき》で氷が砕《くだ》け散《ち》る。

「遅《おそ》いおそ〜い！」

アントニオがＰＤＡで外と通信しようとしながら、悔しそうにつぶやいた。

「ジャミングされてるのか、外に連絡できねぇんだ」

「する必要なんてねぇよ」

ライアンが強く言い放つ。カリーナもそれに加わった。彼女は沸《わ》き上がる怒りを抑《おさ》え、低くつぶやいた。

「私たちでケリをつける」

「フッ……だな」

意を決したようにアントニオは頷いた。

倒れたテーブルの陰では、昴が様子を見ながらトーマスに近付いていく。トーマスは右腕《みぎうで》をひどく怪我して、赤く染まっていた。

「ひでぇな……血止めねぇと」

しかしトーマスは、手当てしようとした昴を拒《こば》む。

「おい！　こんなときまで」

「そんな暇《ひま》があるなら……」

小声で言い合いをしている昴とトーマスに、フガンとムガンがどこからか声をかける。

「『何？』」

ビクッと反応するトーマスたちを、フガンとムガンはテーブルの上から見下ろしていた。

「さっさと僕らにやっつけられろって？」

ムガンが挑発《ちょうはつ》する。

迫りくるフガンとムガンに昴は左手を広げバリアを張った。

「フンッ！」

だが、フガンはそのバリアを手で押すようにして一瞬で消してしまい、昴とトーマスは吹《ふ》き飛《と》ばされ、壁に叩きつけられてしまった。

「駄目だよ。バリアに集中しなきゃあ」

とどめを刺《さ》そうと構えるフガンの頭上に、影《かげ》がかかり、氷が固まるような音が響く。

「『!?』」

フガン、ムガンがその音に気を取られている間に、巨大《きょだい》な氷塊《ひょうかい》が二人めがけて頭上から落下する。

氷は地面に落下し、冷気を吹《ふ》き上げるが残念ながら二人は寸前にワープして避けていた。

「あんたらの相手はこっち！」

カリーナはそう言って注意を自分に引き付ける。フガンとムガンはニヤッと不敵な笑みを浮かべた。

その頃、ラーラはロッカールームに隠れ、しゃがみこみ体を丸めて息を潜《ひそ》めていた。瞳《ひとみ》を光らせ、能力を発動させようとするが力を出すことができない。

ラーラは思わず涙《なみだ》ぐんだ。


「はあああああ～！」

じわじわとトレーニングルームの中を後退しながらカリーナは氷を放ち続ける。

「お、いいね」

しかしフガンはカリーナの攻撃を全身で受けながらも、ニヤニヤと笑みを浮かべて距離《きょり》を詰めてくる。

「何なのコイツ⁉」

――まったく攻撃が通じない。氷が当たってもダメージがないの？

カリーナは焦《あせ》る気持ちを抑えようとした。

「いよっとおぉ！」

そこへアントニオが不意をついてフガンに襲いかかるも、フガンはそれを軽くかわして逆に蹴《け》り飛ばした。

「ぐわっ！」

アントニオは地面を転がりカリーナのそばへ近づく。ライアンが駆《か》け寄《よ》り、カリーナを見る。

「ブルーローズ！」

「うん」

カリーナはライアンと意識を合わせた。

「はぁ～～～！」

カリーナは床に手をつき、フガンたちの足元に氷のツララを出現させる。地面を覆っていくツララにフガンとムガンは飛《と》び退《の》く。

二人が着地したタイミングで、ライアンが上から声を上げる。

「どっど～ん!!」

カリーナが仕込んでおいた巨大な氷塊からライアンが重力攻撃でフガン、ムガンの頭上に落ちてくる。

「危ねっ！」

フガン、ムガンがワープした場所に落下した巨大な氷塊は一気に砕け散った。

――また逃《に》げられた！

「ワープ能力と硬直させる能力じゃなかったのか！」

忌々《いまいま》しげにライアンが言う。ムガンがワープ、フガンが硬直化だとしても、こんなに攻撃が通じないのは不思議だ――とカリーナは分析《ぶんせき》する。

「わからねぇ。ただすげぇパワーのＮＥＸＴだ！」

アントニオが言い、カリーナも周囲を窺《うかが》いながらつぶやく。

「まさか、能力が二つ？」

「ぶぶー！　残念でした！　……うりゃあ‼」

と、突如カリーナの背後でフガンの声がし、ライアン、アントニオもろとも吹き飛ばされた。

フガンとムガンはダメージを受けた三人を見下ろしながら話し始めた。

「ムガンの能力はワープ」

フガンがそう言うと、ムガンがその先を続ける。

「で、フガンの能力は受けたダメージをそのまま攻撃に変えられるの！」

「今度はウソじゃないよ！　本当だよ！」

昴が驚き、トーマスが悔しげな声を漏らす。

——今まで仕掛《しか》けた攻撃をすべてパワーにしてたってこと？

カリーナも予想外の能力に唖然とする。

「じゃあ、固める能力は？」

ライアンがすかさず尋ねる。

「それは～」

言いかけたムガンをフガンが止める。

「あ～待ってムガン、猫ちゃんがいない。重大発表は全員揃《そろ》ってじゃないと！」

言葉を受けてムガンは微笑むと、能力を発動させる。

「そうだ、ね！」

ムガンが答えると同時にワープし、能力を発動させ攻《せ》め込む機会を狙《ねら》っていたライアンの目の前に現れる。

ライアンの動きを潰《つぶ》そうと、ムガンは彼の顎《あご》を蹴り上げて倒した。

すぐに起きあがろうとするライアンだったが、ムガンが白いブーツでその顔を踏《ふ》みつける。

「ぐはっ！」

「僕のブーツにキスをしな」

勝《か》ち誇《ほこ》った微笑みで見下ろすムガンに、ライアンの顔が屈辱《くつじょく》で歪《ゆが》む。

「はあああ!!」

――よくも私の相棒に！

カリーナは強い怒りを込めて氷を連続して放つ。しかしフガンがムガンの前に立ちはだかり、カリーナの氷を吸収していく。

――こちらの攻撃が吸収されるだけって。

戸惑《とまど》い、なすすべもない状況の中、ムガンがフガンの肩に触れ、二人ともワープして消えてしまった。

「！」

――パワーを吸い取って逃げるとか、いつ攻撃をしかけられるかわからない。このままじゃ……。

カリーナは悔しさで二人が消えた方向に思わず身を乗り出した。

「ちょっと頼《たの》みがある」

そのとき、カリーナに声をかけたのはアントニオだった。

「お〜い、ヨワヨワ猫ちゃーん！」

「逃げてないでこっちおいでぇ〜！」

フガン、ムガンはトレーニングルームの廊下《ろうか》を、キャットを捜しながら歩いていた。

アントニオは、ロッカールームでうずくまっているキャットを見つけ、肩を叩いて知らせた。

「ひゃっ！」

声を上げるキャットに、アントニオは小声で伝えた。

「こっちに来い」

キャットは目に涙を溜《た》め、ひどく怯《おび》えている。


「「お〜い、どこぉ？　ん〜？」」

相変わらずキャットを捜し続けているフガンとムガンに、カリーナが後方から氷を飛ばす。

「「お！」」

二人は察して避けるが、振り向くと笑みを浮かべてカリーナを見た。

「君って結構後輩《こうはい》想いなんだねぇ〜」

ムガンがからかうと、カリーナは踵《きびす》を返して廊下を走り出す。

「え、なに？　鬼《おに》ごっこ？」

フガンは無邪気《むじゃき》に問うと、ムガンとともに楽しそうにその後を追った。

「「まて〜まてまて〜！」」

カリーナがフガン、ムガンを引き付けてくれている間に、アントニオはラーラ、昴を廊下へ誘導《ゆうどう》していた。トーマスに至っては言うことを聞かず、怪我している状態だがもう片方の無事なほうの手を引っ張って行かなければならなかった。

「やめてください！　は、はなせ！」

トーマスはまだ抵抗《ていこう》しているが、アントニオもこればかりは譲れなかった。昴が不審《ふしん》そうにアントニオを見る。

「あの、どこへ……」

「お前らを逃がす」

アントニオがきっぱりそう言い放つと、ラーラも昴も驚きの声を上げた。トーマスはうすうす状況を察していたのだろう。アントニオは説明しながら窓際《まどぎわ》に向かって進んでいった。

「この状況、犯人の能力をアニエスさんに伝えろ！　わかったな」

「しっぽを巻いて逃げ出せと？」

悔しそうにトーマスがアントニオを睨み、昴も声を荒《あら》らげる。

「そうスよ！　俺たちヒーローなのに」

言いたくはなかったが――アントニオは強い口調で言った。

「このままじゃ全滅《ぜんめつ》だ！」

言われた三人は目を見開き、言葉に詰まった。

シミュレーションルームに入って来たカリーナの目の前に、フガン、ムガンがワープして現れ、カリーナが攻撃する隙を与《あた》えず強烈《きょうれつ》なキックを入れる。

「がはっ！　ううっ……」

蹴り飛ばされたカリーナは、シミュレーションルームの中央まで放り出された。

それでも顔を上げるカリーナに、フガン、ムガンは余裕の笑みを浮かべた。

「『はい鬼ごっこ終わり～！』」

「もしかして後輩にいい顔したかったの？」

調子に乗ったフガンがカリーナに尋ねると、ムガンもからかうようにライアンの姿を捜《さが》して見せる。

「降参する？　あ、その前にドッドーンはどこ行った？」

カリーナは怒りをこらえ、二人を睨んだ。

「敵は強い。今のお前らじゃ100%やられる……」

俺も、可能な限り全員で戦いたかった。だが、これだけ圧倒《あっとう》されている状態で冷静な決断をしなければならないことが辛かった。

「けど！」

トーマスが食い下がる。

「逃げることは駄目なことじゃない」

俺は必死に伝えた。お前らを守ることはもちろんだが、信頼《しんらい》しているからこの方法を取るのだとわかって欲しかった。

「大事なのは逃げた後の最初の一歩だ」

ハッと、トーマスの顔色が変わる。

「まぁそう言われても悔しいだろうが……」

俺は摑んでいたトーマスの手を放し、軽く押す。

「とりあえず先輩《せんぱい》の言うことを聞いとけっ！」

そう言うと、能力を発動し窓ガラスを打ち破った。

ガラスの割れる音が響き、それを聞きつけたのかムガンがワープしてきた。一人だけってことはフガンはまだブルーローズたちが足止めしてくれてるんだろう。

窓の前に集まっている俺たちを見て、ムガンが近付く。

「あれ？　みんな集合？」

窓際に立っていた俺はトーマスたちに言った。もう時間がない！

「行け！」

「え？」

ブラックは迷っているのか、聞き返す。トーマスは怒りを露《あら》わにして叫ぶ。

「逃げるなんて、死んでもごめんだ！」

「いいね。やっぱり君とは気が合う」

ムガンがニヤッと笑い、嬉しそうに叫んだ。

「信ずるは己《おのれ》の力のみ！」

その言葉に前に進み出ようとしたトーマスの肩を摑み、俺は窓の外に押し出した。

「あ⁉」

「え？」

トーマス、そして戸惑うムガン。ブラックとキャットも驚いて声を上げる。

「あとは頼んだぞ」

「「へ？」」

俺はブラックとキャットの背後に回ると、二人も窓から突《つ》き落《お》とす。ブラックとキャットは悲鳴を上げて落ちていく。

「「わあああああ⁉」」

ごめんな。そっちは任せたが、こっちは俺らに任せてくれ。

「なんの遊び？　紐《ひも》なしバンジー？」

暢気《のんき》な声で尋ねるムガンに俺は決意を固めて振り向くと、能力を発動させて硬《かた》くなっている体で思いっきり体当たりした！

「でぃやあ～っ！」

腹をめがけてタックルをし、そのまま壁にぶち当てるまで突《つ》っ走《ぱし》る。

「いってぇ～！」

何故《なぜ》か嬉しそうにそいつは笑っている。

「うおおおお!!」

ナメた真似《まね》ばっかしやがって!!

俺は渾身《こんしん》の力を込めて雄叫《おたけ》びを上げた。

窓から落とされたトーマス、昴、ラーラは声を上げながらスピードを上げ落下していた。

「ああああー！」

「どわぁぁぁぁ!?」

「はぁぁぁぁ！」

トーマスは空中でＮＥＸＴ能力を発動し、手を突き出すと周囲にあったトナカイのバルーンをゆっくり引き寄せた。

「くっ！」

負傷した右手の痛みをこらえながら、トーマスは歯を食いしばりバルーンを引き寄せ、無事バルーンの上に乗ることができた。

一方、落下中のラーラもＮＥＸＴ能力を発動させようとする。

「うっ、くっ……」

しかし、彼女はチョロチョロとわずかに出る水しか発出させることができない。

ラーラの顔は絶望に歪んだ。


シミュレーションルームでは、カリーナがフガンに追《お》い詰《つ》められて後がない状況だった。

「ほ～ら、攻撃しなよ！」

フガンが挑発する。カリーナは息も絶え絶えだった。

廊下でムガンを吹き飛ばしていたアントニオは、壁の行き止まりでつんのめり、振り返る。

「であぁあっ……！」

振り返ったアントニオをムガンは膝で叩《たた》き落《お》とした。

ラーラは必死に水を発出させようとするが、どうしても出せずにいた。

「なんで？　なんで？」

焦りながらラーラはどんどん降下していく。そこへ、昴が後ろから覆いかぶさり、ラーラを抱《かか》え込むと能力を発動させ、バリアを出現させた。

「うおおおおおお!!」

バリアのおかげで地面への直撃《ちょくげき》を免《まぬが》れた昴とラーラだが、バリアの破壊とともに弾《はじ》け飛び、地面を転がって駐車中の車にぶつかって止まった。

ラーラは昴が守ってくれたために負傷を免れ、昴もひとまず大きな怪我を負わずに済んだ。


「あれ～ギブアップ？」

シミュレーションルームでは、フガンが嘲笑《ちょうしょう》を浮かべている。

――下手に攻撃しても吸収されるだけ。見下されるのは悔しかったけど、ここから巻き返してやる！

カリーナは床に手を着き、顔を上げると能力を発動する。

床が凍《こお》り付き、スピードを上げて氷が広がっていく。

――これで、終わりにしてやるんだから！

「どっどお～～～～ん!!」

「え？　何してんの……ぐわっ!!」

拍子抜《ひょうしぬ》けした様子のフガンの足元は見る見る氷で固められる。上ではライアンの重力増幅が起きており、天井《てんじょう》に仕込んでいた氷塊の数々が落下したのだ。

フガンは逃《に》げ場《ば》がなく氷の下敷《したじ》きになった！

氷とともに降りてきたライアンは床に手を着き、重力を増幅させる。

「どっどーん！」

氷の下敷きになり、重力を体に受けたフガンは動けない状態だ。

「俺のブーツにキスをしな！」

——やった！

疲弊《ひへい》した状態ながら、カリーナはやりきったと微笑みを浮かべた。


司法局の執務室。ユーリと虎徹のもとに通信が入る。

『誰か、聞こえますか⁉』

「ん？」

虎徹は通信を受け、ユーリもそれに素早《すばや》く反応する。

「こちら昴！　助けてください！　助けてください！」

昴はＰＤＡに向かって叫んでいた。彼のそばにはラーラが、バルーンの上にはトーマスの姿があった。

能力を発動し続けるライアンの傍《かたわ》らで、カリーナはフガンに近付き、状態を確認《かくにん》する。

「あ、待って！　気絶してる」

「んあ？」

カリーナの言葉に、ライアンは発動中の能力を緩《ゆる》めかける。

「フガンッ！　グワッ！」

そこへフガンの危険を察したムガンがワープし、フガンのいる氷の上に着地した。

「かかったっ！　おおおおお！！！」

ライアンが再び力を込めると、ムガンは強く氷に押しつけられる。

「っつ……！」

そんな中ムガンは氷の下にいるフガンに触れようと必死に手を伸ばす。

「おおおお！　させるかぁ！」

さらに力を込めて能力を出すライアン。カリーナはムガンの動きに気付く。

――ムガンがフガンに触れたらワープしてしまう！

「フ、ガ、ン……」

しかしムガンが伸ばした指先がフガンに触れた瞬間《しゅんかん》、二人はワープして消えてしまった。フガンが居なくなった部分の氷が崩《くず》れて音を立てる。

「クソッ！」

歯嚙《はが》みするライアンに、カリーナも力なく立《た》ち尽《つ》くしていた――。

★★★

どうしよう……どうしよう……！

目を覚まさないフガンを抱えた状態で僕はおじちゃんがいる研究室にワープした。おじちゃんたちは、大きなガラス窓から下の実験室を見ている。

「おじちゃん！」

「ん!?」

僕が叫ぶとブラーエおじちゃんが振り返った。

「どうしようフガンが……起きて！　起きてよ！」

フガンを床に寝《ね》かせ、体を揺《ゆ》するとうっすら目を開ける。

「……う、ううう！」

目を覚ましてゆっくりと体を起こすフガンを見て、僕はめちゃくちゃ安心した。一緒に見ていたおじちゃんも、少し表情が和らぐ。

「ああ……やられちゃったかと思った」

フガンは言いながら頭を押さえて起き上がる。

「もう、ビックリさせないでよ！」

よかった、よかった！　フガンが倒れちゃうなんて……絶対あり得ない。

「くっそ〜！　あいつらめ〜！　すぐに行こう！」

「うん！」

すっかり元気になったらしくフガンが立ち上がって言い、僕もそれに答える。

あんなヤツら、戻ってさっさとやっつけよう！

「待て」

ワープしようとした僕らを、おじちゃんが止めた。

「「んあ？」」

「一旦《いったん》冷静になり仕切り直せ」

ブラーエおじちゃんはちょっと怖い顔でそう言った。

「「え〜!?」」

あともう少しで勝てそうだったけど、おじちゃんのアドバイスは聞きたいし……。

迷っている僕たちに、おじちゃんの隣《となり》にいた女の人が声をかけてきた。

「それに強くなれる注射があるの」

「っ！」

おじちゃんは厳しい表情になったけど、女の人が続けて言った。

「打ちたい？」

「「うん!!」」

強くなれる薬!?　そんなの初めて聞いた！

「強力なNEXTに新薬を投与《とうよ》したらどうなるのか、いいサンプルが取れそう！」

「言ったはずです！　彼らは駒などでは……」

おじちゃんが女の人に何か怒ってる。でも僕らは強くなりたいんだ。

理由をきちんと説明すれば、おじちゃんだってわかってくれる。

「注射してよ」

フガンが頼むと、おじちゃんは驚いた顔で振り返る。

「っ!?」

「頼むよ！　L．L．オードゥンを超《こ》えたいの！」

必死にお願いするフガンに、おじちゃんは戸惑っている。

「しかし、まだ安全かは」

「僕らの夢なんだ！」

僕もフガンと想いは同じだ。フガンはさらに続ける。

「誰よりも強くなって、嫌《いや》な大人をギャフンと言わせるんだ！　お願いだよ！」

そう。僕たちを見下して、バケモノ扱いしてきた嫌な大人たち――おじちゃん以外の大人たちを見返してやる!!

「『信ずるは己の力のみ!!』」

僕たちはオードゥンの言葉で自分たちを奮い立たせる。と、フガンの首筋に突然女の人が注射を打っちゃった！

フガンはいきなり注射されてビックリしてるし、おじちゃんも動揺《どうよう》している。

「なっ⁉」

非難のような声を上げるおじちゃんに女の人は微笑んでいた。

「うぅ！」

「フガン？」

「いいじゃない。本人たちがこんなにも望んでいるんだから」

フガンは注射された首筋を押さえる。何だかちょっと苦しそうで心配になった。ひょっとして、強いお薬だったのかな……。

フガンに触れようとすると、その体が青く光り出し、能力が発動していくのがわかった。見開かれた目が青く光ったかと思うと、光り方が強くなる。

それは見たこともない強い、紫色《むらさきいろ》の光で——。


ムガンが急にワープして消えちまって、ブルーローズたちのところへ行ったことはわかっていた。すごい音がしたから今頃《いまごろ》は——。

俺はヤツから受けた攻撃で歩くのもやっとの状態だったが、何とかトレーニングルームに辿《たど》り着く。

そこには壁にもたれて、疲労困憊《ひろうこんぱい》のブルーローズとライアンが寝転《ねころ》んでいたが、入ってきた俺を見てブルーローズが嬉しそうに顔を輝《かがや》かせた。

「ロックバイソン！　怪我はない？」

「……お前らよりはな」

二人がどれだけ厳しい戦いを強《し》いられてきたか、見ればわかる。俺は二人に感謝していたが、敢《あ》えて笑いながら言った。

「はは、言えてる」

ライアンも軽い口調で返した。俺たちが再会できたことに安堵していると、俺の背後に視線を向けたブルーローズとライアンの顔が瞬時《しゅんじ》に強張《こわば》る。

――何だ？

振り返った俺の目の前には、ワープしてきた二人の犯人が立っている。

――妙《みょう》だな……さっきより……。

ヤツらの変化を俺の勘《かん》が知らせていた。

NEXT能力を発動させているヤツらは、体中から青紫色《あおむらさきいろ》の光を放っていた。今までに輪をかけて薄気味悪《うすきみわる》い微笑みを浮かべ、ゆっくりと近付いてくる。

青紫色の光は、二人を包《つつ》み込むオーラのように揺れていた。

切実なブラックの声に、只事《ただごと》ではないと悟《さと》った俺たちは、急いで司法局からトレーニングルームに駆《か》け付《つ》けた。

「皆《みんな》無事か！」

普段《ふだん》は自動ドアだが、破壊されて開かない状態のドアを手でこじ開けると、その惨状《さんじょう》に俺は息を呑《の》む。

――え？

内部は大きく壁が抉《えぐ》られ、パラパラと天井から破片《はへん》が落ちてきている。

ここでどんなに激しい戦闘《せんとう》があったか、その凄《すさ》まじさが窺える。

皆が毎日一緒に鍛錬《たんれん》を重ねてきた場所――そんな大切な場所を呆気《あっけ》なく壊《こわ》されちまったショックと戸惑いで、一瞬、俺の視界が揺らぐ。

俺は皆――ブルーローズ、ゴールデンライアン、ロックバイソンの姿を捜す。だが、トレーニングルームには誰の姿もなかった。

「っ！」

こんなにボロボロに破壊されるまで戦って、ロックバイソンたちは犯人に連れ去られたに違《ちが》いない。ブラック、トーマス、キャットを逃がし、自分たちが身を挺《てい》して――。

俺はそれに加われなかった自分への怒りと、不条理な犯人への破裂《はれつ》しちまいそうなほどの怒りと――ぐちゃぐちゃになった頭の中でペトロフ管理官を見る。

「管理官……これでもまだ動くなと？」

俺の声は激しい怒りで震えていた。ペトロフ管理官も険しい表情で、小さく息をついた。

★★★

俺たちはやっつけた三人のヒーロー……ウシ、「ドッドーン！」ってやるヤツ、氷を出すヤツも一緒にムガンのワープでおじちゃんのもとに連れてきた。

「おじちゃん、さっきの薬すごいよ！」

俺は興奮が止まらなかった。体の中で力があふれまくって暴れてるって感じ！

「受けたダメージの何倍ものパワーで攻撃できるんだ！」

おじちゃんに一番に聞いて欲しくて、俺はおしゃべりを続ける。ムガンも興奮がおさまらないみたいだ。

「うん、能力がパワーアップしてるよね！」

「え、ムガンの能力全然変わってなくない？」

俺が指摘《してき》するとムガンは説明する。

「いや違うよ全然！　今まではワープするときシュ～～～ンッって感じだったけど……」

「うん、うんうん！」

「今はシュッ！　いや、シッ！って感じで」

ムガンは人差し指を立てて「シュッ」とか「シッ」などと説明してくれるけど、

「うん、全然わかんない」

残念そうな顔のムガンと、やり取りをしている俺たちを女の人が笑いながら見て言った。

「本当、いいサンプル」

サンプル？　ブラーエおじちゃんは怖い顔してる気がするんだけど……まぁ、いっか！

パワーも増強したし、残ってるヒーロー弱いヤツばっかりだし、余裕だな。

俺とムガンは声を揃えて叫んだ。

「「よぉ～し！　こっから一気にヒーローやっつけるぞぉ!!」」


救急車の中では昴とラーラが救急隊員から手当てを受けていた。その奥《おく》で、既に手当てを受け終え、腕《うで》に包帯を巻かれたトーマスがうつむいて座っている。と、トーマスは突然壁を叩いた。

悔しさと、行き場のない怒りをトーマスは抑えきれなかった。

昴はトーマスに視線を向け、すぐに逸らす。

車の外からはアニエスとカルロッタが彼らの様子を窺っていた。

同じ頃、病院のベッドでは、誰にも気づかれることなくバーナビーがうっすらとその日を開いた。覚醒《かくせい》したバーナビーは、確かめるようにまばたきをする。

バーナビーの視界に真っ先に入ってきたのは白い天井で——一瞬の混乱の後、彼は病院のベッドで寝ていることをゆっくりと理解した。

——一体、どのくらいの間、僕は眠っていたんだろう？

虎徹さんは——皆は？

≫第12話

Man's extremity is God' s opportunity.

（人の難局は神の好機）

報《しら》せを聞きつけた俺《おれ》は居てもたってもいられず、走って病院までやってきた。そんで、勢いよく病室の扉《とびら》を開くと、ベッドに上半身を起こしているバニーがいた。

「バニー!!」

「どうも」

結構元気そうじゃねぇか？　なのにスンッとした顔で短く答えるあたり、すげぇバニーらしい……俺は嬉《うれ》しさと安堵《あんど》とが、ないまぜになって泣きそうになる。

「どうもじゃねぇよ！　心配させやがって……！」

再会のハグをしかけたところで、「あ……」とバニーが片手でそれを制する。

「んあっ？」

何だよ!?

俺は手前で動きをストップさせ、タイミングを変えて再びハグしようとするのだが、またも制される。

「い……」

クソォ！　こうなったら！　と素早《すばや》くハグしようとするも、それもキッチリガードされてしまう。

「おい！　そこまで拒否《きょひ》することねぇだろ！」

「再会を、祝ってる場合じゃありませんから」

バニーは眼鏡をクイッと持ち上げて俺を見てから、病室内のテレビに目を向ける。テレビ画面からはニュースが流れてきた。

「ん？」

俺もニュースに目を向ける。

『世界を震撼《しんかん》させているヒーロー狩《が》りの犯人が、先程《さきほど》声明動画を発表しました。なんと犯人によるとシュテルンビルトのヒーロー七名が既《すで》に再起不能とのことで……』

厳しい表情でバニーは俺を見る。

「詳《くわ》しく教えてください」

「……ああ」

★★★

タブレットの画面いっぱいに僕《ぼく》とフガンが映る。で、僕たちは画面の向こうに手を振《ふ》って挨《あい》拶《さつ》する。

『こっちがムガンで』

『こっちがフガン』

『二人でこの街のヒーロー全員やっつけちゃう！』』

僕たちはブラーエおじちゃんとこの間注射してくれた女の人に、アップした動画を見せに行っていた。

「すごいでしょ、再生回数！」

ソファに並んで座《すわ》っているおじちゃんたちにアピールすると、フガンも嬉しそうに付け加える。

「俺らのこと、全然ニュースにならないからこっちから教えてあげちゃった！」

ブラーエおじちゃんは、ちょっと怖《こわ》い顔をしてタブレット画面を眺《なが》めている。

「ん……」

「いいじゃない。いずれ公表するつもりだったんだから」

女の人は、僕たちをかばうように言ってくれたけど……。

「怒《おこ》ったの？　勝手なことして」

フガンが恐《おそ》る恐《おそ》るおじちゃんに尋《たず》ねる。僕もおじちゃんの顔色を窺《うかが》った。

「好きにやりなさい！　ね？」

「ええ……」

女の人の言葉におじちゃんは、まだ硬《かた》い顔のままだけど頷《うなず》いてくれた。

「「よかった～！」」

おじちゃんも「好きにやっていい」って言ってくれたんだよね!?

僕もフガンもホッとしてソファに座り直す。

ブラーエおじちゃんがダメだってことは、僕らは絶対にしない。逆もまた同じで、おじちゃんの頼《たの》みならどんなことだってやってみせる――。


虎徹《こてつ》はこれまでの詳しい説明をし、バーナビーの車椅子《くるまいす》を押して、体が硬直化《こうちょくか》してしまったヒーローたちの病室に案内した。言葉を失うバーナビーに、虎徹も改めて悔《くや》しい気持ちが沸《わ》き上《あ》がってくる。

過酷《かこく》な状況《じょうきょう》は変わらない。それに、バーナビーもまだまだ療養《りょうよう》が必要な状況である。けれども虎徹はバーナビーが意識を取り戻《もど》してくれたことが本当に心強かった。

バーナビーの病室。ベッドに上半身を起こしたバーナビーを囲むように虎徹、昴《すばる》、トーマス、ラーラが集まり、ユーリも同席し、アニエスからの現状報告を聞いていた。

「現状、例の二人組がどうやって人間を硬直させてるのかは、わかってないわ。能力なのか、薬を使ったのか……いずれにしても、彼《かれ》らの目的と関係あるのかも」

アニエスは持っていたタブレットを操作して映像をモニターに転送する。

モニターにはフガンとムガンの動画が映し出された。

『何で僕たちがヒーローを狙《ねら》うのか！　それは』

ムガンが画面に向かって得意げにアピールすると、二人の顔のアップから風景が変わり、ヒーローミュージアムの展示物らしきものの前で手を広げるフガンが映る。

『パンパカパーン！』

『最強のＮＥＸＴ……』

『Ｌ．Ｌ．オードゥンを超《こ》えるためでーす！』

「え⁉」

バーナビーがそれに反応する。フガン、ムガンの背後のガラスには『オードゥン』と書かれたプレートが飾《かざ》られている。

『Ｌ．Ｌ．オードゥンが倒《たお》したヒーローは十七人だから、僕たちは十八人倒す！　でも……』

再びムガンがアップになり、次はフガンがアップになって動画は続く。

『二人だから倍の三十六人やっつけて、俺たちが一番強いって』

『『証明しまーす‼』』

最後は二人で声を合わせて宣言したところで動画は停止した。

「本当に、それだけのために？」

バーナビーが理解に苦しむ、という表情でアニエスを見る。

――人それぞれ尊敬する人や好きな人が違《ちが》うのは仕方ねぇけど、確かにそれだけっつうのは、あまりに身勝手すぎるよな。

などと虎徹が考える中、トーマスが口を開いた。

「恐《おそ》らく嘘《うそ》ではないと……以前、偶然《ぐうぜん》なのかヤツらを見かけたことがあるんです」

トーマスはヒーローミュージアムのオードゥンの展示の前で、興奮して話している二人を見たと証言した。フードを目深《まぶか》にかぶっていたが、外見もそっくりだったらしい。

「トーマスの話が本当なら」

バーナビーが虎徹を向く。虎徹もバーナビーを見ながらそれを受けて続ける。

「これまで固められたヒーローは世界で三十一人。俺たちを合わせれば三十六人になるな」

「倒した相手を硬直させるのは、見せしめの意味もあるのかもね」

アニエスが虎徹たち皆《みな》を見て声を低める。

「えっ！」

見せしめという恐ろしげな言葉にラーラが反応した。

「確認《かくにん》ですが、ヤツらの能力はワープと……」

その場を落ち着かせるかのようにバーナビーが口を開く。虎徹は実際にフガン、ムガンと戦ったことはないため、聞いた情報を伝える。

「受けたダメージを攻撃《こうげき》に変えるらしい」

昴とラーラが「はい」と頷く。

ワープはわかるが、フガンの能力が虎徹には今一つピンと来ていなかった。

「それって、実際どういう力なんだよ？」

さらに尋ねた虎徹に、昴は張り切って教えてくれる。

「なんつうかドーって殴《なぐ》ったら、グーってなって、ドン！　……って感じだったっす！」

昴が両手を広げたり、グーッと縮めたりと、身振《みぶ》り手振《てぶ》りを交え一生懸命《いっしょうけんめい》に説明してくれる中、虎徹とバーナビーは彼の説明をイメージしようと努めた。

——っつうか、俺もブラックみたいな説明になっちまうタイプなんだけど……ごめん、今のはどういうことかわかんねぇわ。

「受けたダメージをすべて吸収し、一撃《いちげき》で返す」

見かねたトーマスがシンプルに説明し直すと、虎徹もバーナビーもやっとイメージが摑《つか》めた。

「「ああ！」」

「同じこと言ったんスけど……」

昴は不満げだが、トーマスは意に介《かい》さず続ける。

「この能力が厄介《やっかい》なのは、全て吸収されるのでどんな攻撃も効かない点です」

「ある意味無敵ってことか」

思わず虎徹は呻《うめ》いた。

「何か対策を」

促《うなが》したバーナビーを、アニエスが遮《さえぎ》る。

「だけどそんなに時間はないの。奴《やつ》らの報道を受け、ヒーローが五名しかいない現状を知られてしまった。どんな凶悪犯《きょうあくはん》がこの街を狙っているかわからないわ」

アニエスの予測に、虎徹はハッとする。

——確かに今、シュテルンビルトの治安維持《いじ》は手薄《てうす》になってしまっている——フガン、ムガンのことに気を取られていたが、他にも犯罪者はごまんといるんだ。

「ペトロフ管理官、無策で突《つ》っ込《こ》むことが危険なのは理解しています……ですがこの戦い、僕たちに託《たく》していただけませんか？」

バーナビーが毅然《きぜん》とユーリに意見してくれたことが虎徹は嬉しかった。

よく言ってくれた、とバーナビーの発言を後押《あとお》しする。

「そうこなくっちゃバニー。頼みますよ管理官！　刺《さ》し違《ちが》えてでも必ずヤツらを倒してみせます！」

バーナビーも復帰し、もうこれ以上現状に留まる理由はどこにもない。

そう考える虎徹は熱意を込めてユーリを見た。皆の注目が集まっている中、おもむろにユーリが口を開く。

「燃えさかる炎《ほのお》を消し止めねば、全てを焼《や》き尽《つ》くしてしまう……」

皆の動きが一瞬《いっしゅん》止まる。

「は？」

虎徹もその発言の意味がわからず首をかしげる。

——何かの比喩《ひゆ》……ことわざとか？？

しかしユーリはすぐに強い口調で決断を示した。

「速《すみ》やかに出動準備を」

「「「「はい!!」」」」

ヒーロー一同は力強く返事する。虎徹も決意を固めた。

――よーし、管理官の許可も下りた。こっから見てろよ、フガン、ムガン！

★★★

「も～、どんだけ食べてもペッコペコ～！」

俺とムガンはホテルで夕ご飯の時間を過ごしていた。今日も大好きなステーキだ！

自己紹介《しょうかい》で好きな食べ物はハンバーグって言ったけど、食べるのはステーキが多いかも。

「ね～！　なんか力がみなぎってくる感じ。やっぱあの薬使ったからかな～」

ムガンもナイフとフォークでどんどん切り分けて食べている。おじちゃんが使い方を教えてくれたから、俺たちはきちんとキレイに食事をするのが得意なんだ。

それに……強くなってから、いいことしかないって気がする。もっと早く使えばよかった！

「うん。この体なら、オッサンと弱々《よわよわ》ルーキーなんて瞬殺《しゅんさつ》だなぁ」

そう思うと、最後もっと戦いがいがある相手を残しとくんだったな。

「あと、病院で寝《ね》てる金髪《きんぱつ》イケメンＪｒ.」

ムガンが教えてくれるまで忘れてた！　アイツはそこそこ強そうだけど寝ちゃってるからな

あ。

「ああ、アイツの始末は全部やっつけたあと考えよ！」

あとちょっとでヒーロー狩りも終わっちゃうのか……なんか呆気《あっけ》ない。

にしても、ステーキ美味《おい》しい～!!

俺たちはどんどん口に運んだ。
Ｌ.Ｌ.オードゥンを超えるその日が、もう目に見えるところまで来てるんだ！

アプトン研究所では、実験室でランドルがグレゴリーを実験台に、盛《さか》んにデータ収集を続けていた。

一方レストランの個室では、シガニーとブラーエが打ち合わせを行っている。

「こちらも順調。そちらのヒーロー狩りもつつがなく終わりそうね」

シガニーは窓の外の飛行船に目を向ける。

「これでＮＥＸＴの危険性を市民に再び印象付けることができる。そうなれば、我々の計画も最終段階に……」

シガニーの視線を追うように、ブラーエも飛行船のモニターから流れるＣＭに目を向けた。

December 24th,1980 NC

シュテルンビルトの街は粉雪が降り、ホワイトクリスマスイブとなった。

どうにか動けるまでに回復した僕は、入院中にお見舞《みま》いに来てくれていたマッティアにクリスマスのメッセージを送った。一足早く退院したけれど、マッティアもうじきだと聞いている。早く退院できるといいんだが……。

僕は——ゴールドステージにあるスタジアムのロッカールームでインナースーツに着《き》替《が》え、出動を待つ間、心を落ち着かせようとスマホを見つめた。

待ち受け画面は、両親に挟《はさ》まれて笑っている幼少期の僕の写真——宝物の写真のうちの一つだ。

クリスマスイブは僕の両親が襲《おそ》われ殺害された日であり、数年の時を置いて、長年恩人だと思わされていたマーベリックさんが捕《つか》まった日だった。

そして一年の休養を経て、再びヒーローに復帰したのもクリスマスイブだった。

幼かった僕は両親と過ごすクリスマスイブを心待ちにしていた——それが一転してどん底へ突《つ》き落《お》とされ、宿敵に決着をつけ、第二の人生をスタートさせた。

十二月二十四日は僕にとって、あまりにも多くの悲劇に見舞われた日であり、再起を誓《ちか》った日でもあり――クリスマスを祝う幸せそうな様子の街の人たちを見ると複雑な気持ちになってしまうのが本音だ。

両親と僕の写真は、僕に当時の悲しみを思い出させもするが、ふたりに守られていたことを感じ、自分も多くの人を守ろうと、もう一度ヒーローに復帰しようと決めた「初心」のようなものを思い出させてくれる大事なものだ。

だけど今年は、マッティアにクリスマスのメッセージを送れたこともあり、いつもより明るい気持ちだった。クリスマスを祝える友達がいる、というのは幸せなことだ。

「しっかしこんな相手、初めてだな」

虎徹さんが歩いてきて、僕の隣《となり》に座った。彼もまたインナースーツ姿だ。

「え？」

「自分の強さを示すためだけに俺たち倒そうとするヤツらなんてよ」

まったく理解しかねる、といった顔で虎徹さんはつぶやく。僕はフガン、ムガンの存在も戦いも、残されたデータでしか見たことがないけれど、何かが裏にあるような……得体の知れない恐ろしさを感じる。

強さを証明したい、というのはあくまで表面的な理由ではないか……僕の推測でしかないが。

「戸惑《とまど》う気持ちはわかります。でも、僕たちヒーローは」

そこまで言うと、虎徹さんがニッと笑って先を続けた。

「何が何でも負けるわけにはいかねえ！　だろ？」

その通りです、という意味を込めて微笑《ほほえ》みを返す。

「けど本当に大丈夫《だいじょうぶ》なのか？　十日以上寝てたんだぞ？」

「平気ですよ……と、言いたいところですが、ベストでないことは確かです」

できるだけ心配をかけないよう、だが嘘《うそ》のないように答える。怪我《けが》の回復状態、ずっと寝ていたことによる体力低下……短期集中でリハビリには臨《のぞ》んだがどのくらい動けるかは未知数でもある。

「無茶しねぇで、頼《たよ》ってくれよ。俺を」

虎徹さんがこちらを覗《のぞ》き込み、温かい声をかけてくれる。その言葉で少し気持ちが楽になった。

「ええ」

彼のことだから、仲間のことで人一倍心を痛めているだろうと思うが……。


バーナビーと虎徹の前方で、テーピングをしているトーマスにブラックが詰《つ》め寄《よ》る。

「おい！　何でそんな怪我したかわかってるよな。個人プレーに走りやがって……いい加減一人で戦うのやめろ！」

しかしトーマスはその声が耳に入っていないかのように振《ふ》る舞《ま》う。

少し離《はな》れた場所では、不安そうな顔でキャットがステッキを見つめている。

キャットはタワーから落下しながら能力を発動できなかったことを思い出し、表情を硬くする。キャットはキッドにもらったお守りをぎゅっと握《にぎ》りしめ決意した。

「準備はいい？　そろそろ行くわよ！」

アニエスが呼びに来て、ヒーローたちは全員立ち上がった。


モニターが設置された広場には、雪が舞《ま》っていた。

そんな中、モニター画面では『ＨＥＲＯ ＴＶ』のオープニングが映し出されている。

フェイスオープンにしたワイルドタイガーが前面に立ち、視《し》聴《ちょう》者《しゃ》に告げる。

「えー、全シュテルンビルト市民の皆様《みなさま》、メリークリスマスです！」

鏑木家《かぶらぎけ》では楓《かえで》がスマホを見つめ、安寿《あんじゅ》と村正《むらまさ》夫妻はテレビを見つめていた。皆、ワイルドタイガーがこれから何を発表しようとしているのかと不安そうな表情を浮《う》かべている。

「既に報じられているように、現在ヒーローを狙う二人組に我々は苦しめられている状態です。で、ですね、この生放送で彼らにメッセージを届けたいと思っています」

ワイルドタイガーと入《い》れ替《か》わるようにＭｒ．ブラックが前面に出て続ける。

「おい見てっか、フガンムガン！　俺たちはコロッセオにいる！　今すぐ出てこい！　決着をつけてやる!!」

カメラを摑むような勢いで、思い切りブラックは挑発《ちょうはつ》する。


アプトン研究所では、所長室でシガニーとブラーエがテレビを見ていた。

「面白《おもしろ》いことになったわね」

笑《え》みを浮かべるシガニーとは対照的に、ブラーエは硬い表情のまま画面を見つめていた。


ホテルの部屋ではフガン、ムガンがテレビを見ていた。

『ぜってぇ逃《に》げんなよ、フガンムガン！　ここで逃げたらかっこ悪《わり》ぃぞ～！』

画面の中で指をさすブラックに、フガン、ムガンはムッとして言い合う。

「逃げたのそっちじゃん」

「ねぇ」


「さあ、出てきてちょうだい」

「作戦通りいきますかねぇ……」

スイッチングルームでは思案顔のアニエスがつぶやき、スタッフのケインが心配そうにそれに答える。

同じくスイッチングルームに居るユーリも、冷静な目でモニターを注視していた。

「おい聞いてっか～！　寝てんじゃねぇだろうな？　おーい！」

コロッセオではカメラに向かってブラックが声を上げていた。


ジャスティスタワーの大会議室。ヒーロー五人とユーリ・ペトロフ管理官、アニエスは事前に作戦会議を開いた。

「話し合いの結果、倒すのではなく確保する方向でいくことにします……ってのも、攻撃を吸収するフガンをノックアウトする手がどうしても……」

思案しながら作戦を切り出した虎徹に、ユーリが続きを促す。

「それで」

「まずヤツらをおびき出したら俺たちは四人で対峙《たいじ》します」

「このとき、僕はアリーナ口に隠《かく》れておきます」

虎徹の説明にバーナビーが補足した。

「ヤツらはバニーの復帰を知りませんから、そこを利用して、バニーが厄介なフガンに気付かれないよう背後から取り押さえる」

この発言に昴もすかさず続けた。

「それと同時にワープマンのムガンはトーマスが視界を奪《うば》う！」

「視界を？」

アニエスが昴に視線を向ける。

「はい！　トレーニングセンターで戦ったときに、ムガンのヤツ、移動する先を見てからワープするって俺、感じたんス！　だから目隠《めかく》しすればワープできないんじゃないかって」

「あ……」

アニエスが納得《なっとく》した表情に変わる。そこへ虎徹が説得する。

「確証はないですが、賭《か》けてみようかと」

アニエスが強く頷く。

「これでヤツらを分断させたら……」

ここからの作戦を虎徹とバーナビーが交互《こうご》に説明していく。

「僕が取り押さえているフガンを虎徹さんがワイヤーで拘束《こうそく》します」

「このとき、万が一反撃《はんげき》を許したらブラックがバリアでフォロー」

「うっす！」

張り切って昴が答え、トーマスが先を続ける。

「こちらは、僕がワープを防いでいる間にキャットが」

「……水圧でムガンを気絶させる」

トーマスの視線を受け、少し俯《うつむ》きながらラーラが自分に言い聞かせるかのように自分の役割を告げる。

「これで確保終了《しゅうりょう》、と」

最後に虎徹がまとめた。ユーリは作戦内容を聞く間も、感情を表に出さない。

——異論を唱えないということは、やってみろということなのだろうと受け止めるしかない。

思案するバーナビーに、アニエスが告げる。

「バーナビーの最初の一手が重要ね」


コロッセオのアリーナ口に身を潜《ひそ》めながら、バーナビーはアニエスの言葉を思い出していた。

ワイルドタイガーがバーナビーのスタンバイ状況を確かめるように振《ふ》り返《かえ》る。バーナビーは「大丈夫だ」と伝えるために頷いた。

「どうした早く来い！　ビビってんのか？」

なおも挑発を続けているブラックの声に、突然《とつぜん》もう一つの声が重なる。

「誰《だれ》がビビってるって？」

「うっ」

ブラックの前面には、いつの間にかフガンとムガンが立っていた。

「来た！」

声を上げ、ワイルドタイガーがフェイスマスクを閉じる。キャット、トーマスも攻撃に備え距離《きょり》を取る。

「君たち、好き放題言ってくれたねぇ」

フガンがニヤニヤと笑みを浮かべながら言う。

「よく来てくれたな」

ワイルドタイガーは逆にフガン、ムガンに歩み寄る。

ムガンが少し顎《あご》を上げて煽《あお》るように言う。

「だって僕たちすっごく強いし〜」

「その上、前より能力すごくなっちゃったから！」

フガンも調子に乗って続けると、頷いていたムガンがハッと驚《おどろ》きの表情を浮かべ、人差し指を口に当てる。

「フガン！　それはシー！」

「あ、あ、あ！　ごめん！」

指摘《してき》されたフガンが慌《あわ》てて口を両手で押さえる。

――以前より強くなっている？

バーナビーは隠れながらも、その発言を心に留《と》めていた。

その中継《ちゅうけい》を病室で見ていたマッティアもフガンの発言に違和感《いわかん》を覚えていた。

「ん？」

マッティアの表情が不安そうに歪《ゆが》む。

コロッセオでは、虎徹さんがフガン、ムガンに向けてビシッと指をさす。

「何かわかんねぇけどとりあえずお前らとはここで決着つけてやる！」

その一言でヒーローたちに再び緊張《きんちょう》が走る。隠れている僕も、出動のタイミングを見誤るまいと集中する。

「行くぞ！」

戦闘《せんとう》を開始しようと虎徹さんが叫《さけ》び、各ヒーローが構える。

「あ、ちょ、ちょ、ちょ、待って待って、ちょ、待って！」

するとフガンがそれを遮る。

――え!?

隠れていた僕も、意表を突《つ》かれた。

フガンは思案しながら周囲を見回すと、怪訝《けげん》な顔でムガンに尋ねた。

「ねぇ、ここってジェイクが戦ったとこじゃない？」

「ん？　ああ、ホントだ！」

会話する二人の思惑《おもわく》が読めず、出方を窺う。虎徹さんたちも困惑《こんわく》して立《た》ち尽《つ》くしている。

フガンは不満そうに言う。

「うわ〜、誰かとかぶってんの嫌《いや》なんだけど〜！」

「そうだね〜！　カッコ悪《わり》ぃ！」

ムガンもそれに同意する。と、フガンがポンと両手を合わせ、ヒーローたちを見た。

「じゃわかった！　場所を変えましょう〜！」

「「えっ⁉」」

虎徹さんとキャットさんが声を上げる。

「なっ」

僕も思わず身を乗り出してしまった。まずい展開だ。

「ハイ、みんなワープするよ〜！　手、繋《つな》いで〜、手〜！」

ムガンが戸惑うヒーローたちなどおかまいなしに手を伸《の》ばす。だが、当然のように誰も伸ばそうとはしない。

「ホ〜ラ〜、早く〜！」

フガンが焦《じ》れた声を出すが、虎徹さんが食い下がる。

「いやちょっと待てよ！　ここだったら誰もいねぇし、思う存分戦えるだろ⁉」

「だから気分が乗らないの〜」

フガンは小首をかしげた後、

「え？　え？　俺ら帰ってもいいの？」

ヒーローたちを煽る。

「こっちは今戦わなくても、好きなときに一人ずつやっつけてもいいんだからね」

ムガンは人差し指を上げながら言う。

「それが嫌だから呼び出したんでしょ？」

フガンも苦笑《くしょう》しながら告げ、皆が次の行動に迷っている。

「どうします？」

僕はアニエスさんたちに通信で確認してみる。

『んー……』

だが、アニエスさんも即答《そくとう》はできない状況だ。虎徹さんも予想外の展開に小さく声を漏《も》らす。

「くっ……」

「早く繋いで！」

ムガンが手を差し出す。そしてこれがラストチャンスとばかりに、カウントダウンしはじめた。

「スリー！」

僕は頭を巡《めぐ》らせる。

「トゥー！」

ここでワープされたらただ頭数が減り、不利な状況になるだけだ。

当初のプランは捨て、当意即妙《とういそくみょう》にやるしかない！

「「ワーン！」」

最後のカウントに合わせ、息を吸《す》い込むとコロッセオ中に響《ひび》き渡らせるつもりで声を張り上げる。

「ちょっと待ったぁ〜〜〜!!」

「お！」

虎徹さんが僕の決断に驚いた反応を見せる。

「ん？」

フガン、ムガンも何事かと振り返る。

アリーナ口から歩き出した僕はもう一度大きな声で言った。

「僕も連れて行ってください！」

『おおお！　なんとバーナビーです！　爆発《ばくはつ》事故で入院していたバーナビーが今、現場に駆《か》け付《つ》けた模様です!!』

マリオさんの解説を受け、逃げも隠れもせず、堂々と歩いて向かう。

「あれ？　寝てた人だよね？　大丈夫なの？」

「平気でしょう？　あんなに大声出せるんだから……『ちょっと待ったぁ!!』」

ムガンは僕の台詞《せりふ》を真似《まね》ると、フガンと二人で笑い出す。

「似てる似てる〜！」

フガンとムガンは茶化すように話し続ける。

「きっと隠れてる作戦だったんだねー」

「あ、走った」

「見抜《みぬ》かれて恥《は》ずかしいんだ」

走り出した僕は虎徹さんたちに合流する。やはりまだ走ると息が上がってしまう。僕は虎徹さんを見る。虎徹さんもまた僕を見返す。

マスク越《ご》しで表情はわからないが、言葉にしなくても想《おも》いは伝わった気がした。

――落ち着いて、切《き》り替《か》えていくしか道はなさそうだ。

「は～い！　じゃあみんな、手繋ぐよ～」

フガンが僕たちのほうを見て号令をかける。横一列になって、僕たちは手を繋いだ。

全員の手が繋がれたところでムガンが上空を見上げ、

「じゃ行くよ～！　ハイ！」

そう言うが早いか、僕たちは一瞬でコロッセオの屋上にワープし、再び消える。その後もパーティーをしている人たちの中、走行中の車両の上などを経由して、最終目的地へ到着《とうちゃく》した。

僕は高速でワープしながらも、ムガンの様子に気を配っていた。ブラックの指摘のように視線の先へ移動するかどうか、ワープの瞬間《しゅんかん》ごとに目の動きを追った。

「とうちゃーく！」

ムガンの声に僕たちはあたりを見回す。

大きく抉《えぐ》れた壁《かべ》。何かが激しくぶつかったような形跡《けいせき》のある岩場と、そこから先へ立ち入れなくなっている鉄製のフェンス。

――ここは……L．L．オードゥン逮捕《たいほ》の記念碑《きねんひ》がある場所だ。


俺たちはムガンのワープで、ヤツの目指した場所に連れてこられた。

『シュテルン湾《わん》付近に移動したようです！』

スイッチングルームの音声で、俺たちは移動先を把握《はあく》した。

『けど、ヒーローたちどうするんですかね？　作戦台無しですけど……』

『っ……』

心配するケインとアニエスの音声が聞こえてくる。

ああ、その通り。だが、一つうまくいかなくなったからっていちいちメンタル崩《くず》してるわけにゃいかねぇ。

「どうしてここに？」

バニーがフガンとムガンに尋ねる。

「ここはL．L．オードゥンが捕まった場所なんだ」

ムガンが得意げに答えると、フガンも両手を広げて感激を表現する。

「いいねぇ！　ここで最後の戦いなんて涙《なみだ》出ちゃう！」

――心酔《しんすい》するオードゥンにちなんだ場所ってわけか。

合点《がてん》がいったそのとき、「あ、バーナビーだ！」と明るく発した男性の声がした。

「わ、HIT《ヒット》？」

「すげぇ」

俺たちが集まっている場所の付近は、クリスマスイブで教会に訪《おとず》れた人や、観光地化もされているせいか人通りも多い。

「危ないから下がってください！」

バニーが呼びかけるが、事情も知らず急に現れた俺たちを見て写真を取ろうと市民たちが集まってきちまった。

「僕らはいいよ～、巻き込んじゃっても」

フガンとムガンはお得意のニヤニヤ笑いを浮かべ、並んで立っている。

俺は戦いに備えるため、市民のみんなに向けて叫んだ。

「なぁ頼む!!　お願いだから下がってくれ！　どんだけ激しい戦いになるかわかんねぇんだ……一人も巻き込みたくねぇんだよ！」

必死の想いで俺は訴《うった》えた。彼らはスマホを構えて近づいて来ていたけれど、俺の声に気付いて足を止めてくれる。少しの間があって、彼らは俺たちに声をかけながら急いで遠ざかっていった。

「わかった」

「負けるなよタイガー！」

「頑張《がんば》って！」

「頼んだぞ！」

皆の応援《おうえん》の声が、俺の力になっていくのを感じる。

「ありがとう！」

聞き入れてくれてありがとう。そして応援してくれてありがとな！

さて、これで集中できる状況は整った。

フガン、ムガンに向き直るとヤツらも微笑みを浮かべた。二人の目の光が鋭《するど》く放たれる。

「そんじゃ、始めよっか」

俺たちとフガン、ムガンは一定の距離を取りつつ、お互《たが》いに出方を見ている状態だ。

「ここに来たときのワープ」

バニーがブラックに確認すると、ブラックは自信をもって答える。

「壁はすり抜《ぬ》けてましたけど、やっぱ見えてる方向しか行ってないっすね」

「じゃあ、目隠しは有効？」

キャットが尋ね、トーマスが頷く。

「確定だな。当初の作戦は崩れたがプランBなら」

俺も皆との作戦を再確認する。

「ああ。ワープで移動されることも想定しといてよかったよ。あとはブラックが……」

「あ！」

話を聞いていたバニーが不意にワープしてきたフガンとムガンに気付くも、

「しゃっ、はぁ〜〜〜っ！」

「うっ！」

現れてすぐに攻撃を繰《く》り出され、バニーは構える間もなく吹《ふ》っ飛《と》ばされる。だが、バニーはさすが、体勢を立て直して着地した。

「かかって来ないならこっちから行くよ」

ムガンは俺たちに宣戦布告をして近付いてくる。

「くそ！　おい、ブラック！」

俺がブラックに近付くのをフガン、ムガンは余裕《よゆう》で眺めている。

フガンが明らかに挑発してきた。

「なになに〜？　いい作戦思いついた？」

「はああ!?　冗談《じょうだん》じゃないっすよ!!　また俺らに逃げろっつうんすか！　そんなことできるわけないでしょ！」

ブラックはキレながら、抱《かか》えられている俺の腕《うで》から逃《のが》れようともがき、少しでもフガンムガンに近付こうとする。

「馬鹿ッ！」

「俺は逃げません！　戦いますから！」

そんな俺を突《つ》き放《はな》すブラック。フガンとムガンはキョトンとしながら成り行きを見ていたが、ニヤニヤ笑いを浮かべる。

今度はムガンが癇《かん》に障《さわ》るようなことを言う。

「あらま〜、仲間割れ？」

「おいてめぇら！　俺は逃げも隠れもしねぇぞ！　かかってこい！」

ブラックはまっすぐ二人に向かっていく。

「本当はな、お前らなんて俺が本気出せば楽勝なんだよ！　バーカ！」

「だったらやってみなよ」

挑発を続けるブラックにフガンが余裕で返し、ムガンに目配せすると二人でワープする。

「おりゃあああ！」

ブラックはすぐに手を上げてバリアを張るが、フガン、ムガンはその背後にワープしていた。

「馬鹿は、きーみっ！」

フガンがブラックに攻撃しようとする寸前でバニーがタックルしてフガンを吹っ飛ばす。

「たあああ！」

「!?」

バニーは勢いのままフガンの背後に回り、ヤツを羽交《はが》い締《じ》めにする。

「動くなっ！」

不意を突かれてさすがのフガンも手出しできねぇ。それに気を取られていたムガンに、トーマスがテレキネシスでバケツを被《かぶ》せた！

「あ！　な！」

バケツを外そうと必死なムガンだが、トーマスが操《あやつ》っているから簡単には外れない。

「おっしゃー！　プランB成功！」

喜びのポーズを取るブラックと背中合わせになり、俺はワイヤー射出しようとする。

「よかったぞブラック！　あとは俺が」

「は、なせ、よ!!」

そうこうするうちに、フガンは抵抗《ていこう》して背中からバニーを電柱に激突《げきとつ》させた。

「うっ！」

バニーが手を離した隙《すき》にフガンはムガンのもとへ走る。

「ムガン大丈夫？」

だがそこへ今度は俺がタックルして止める！

「行かすか！」

フガンを肩《かた》に担《かつ》ぎ上げると、俺は展開していたワイヤーを射出し、上昇《じょうしょう》するが、ヤツは抵抗して俺から逃れ、教会の屋上へと落ちていく。

「ブラックさん、虎徹さんのフォローを！」

「了解《りょうかい》！」

バニーが指示を出してくれて、ブラックが即座《そくざ》に駆《か》け出す。

よっし、ここまでの作戦はなかなかいい感じだ。

トーマスとキャットは、予定通りバケツをムガンにかぶせることに成功し、後はキャットの放水を待つのみの状態だった。ムガンが力ずくでバケツを取ろうとしているが、トーマスが能力でそれを抑えている。

「キャット、早くヤツに攻撃しろ！」

トーマスが叫び、凍《こお》り付いたように動かないキャットがぎこちなく返事をする。

「あ、はい！　やあああああ！」

ステッキを構え、強張《こわば》った表情でキャットは放水しようとする。しかし水流は弱く、ムガンの脇腹《わきばら》をホースで狙った程度の攻撃力だ。

「や～やめてっ！　くすぐったい！」

バケツをかぶったムガンは笑いながら体をくねらせる。

「なんで？　やあ、やあああ」

キャットは焦《あせ》った状態で再びステッキを構えるが、先程と同じ威力《いりょく》の水流しか発出することができない。

トーマスの声も焦り始める。

「おい！　何してんだよ!?」

その様子を見たブラックが一瞬足を止めた。

ワイルドタイガーはフガンを足止めして隙を作ろうと、教会の屋根の上でパンチを繰り出していた。まだ能力は温存させたまま、粘《ねば》って攻撃を続ける。

「鬱陶《うっとう》しいな！　はぁあ！」

フガンが能力を発動させようとして飛び上がった瞬間、バーナビーがタイミングを指示する。

「ブラックさん！」

だが、慌ててワイルドタイガーの前に回り込んだブラックが出したバリアは集中力を欠いた小さなものだった。

「やべっ！」

ブラックの声と同時にフガンがブラック、ワイルドタイガーもろともに一撃で吹き飛ばす。

「バーカ」

屋根から落ちてしまったブラックに気を取られているフガンに、ワイルドタイガーはワイヤーを射出する。

「はっ！」

ワイルドタイガーはワイヤーでフガンを巻きつけて捕《と》らえることに成功した。

「ぐっ！」

「っしゃ！」

しかしワイヤーから逃れようと抵抗するフガンの前でブラックの叫《さけ》び声《ごえ》が聞こえて来る。

「ああああ～」

フガンに吹っ飛ばされたブラックが勢い余って屋根を転げ落ちていた。

――このままではブラックが柵《さく》の上に落ちてしまう！

「っだっ!!」

ワイルドタイガーは慌ててもう片方の手でワイヤーを射出して柵に接近していたブラックを何とか救出することができた。

「ふぅ……ぐっ！」

ワイルドタイガーは安堵する間もなく、もう片方のワイヤーが強く引っ張られる。フガンが拘束されているワイヤーを力任せに引っ張っているせいだ。

一方、トーマスはムガンを能力で抑え込み続けていたがそれにも限界が来ていた。

「ううう……」

右手をひどく怪我していたトーマスは、鋭い痛みに手を止めてしまう。

すると途端《とたん》に解き放たれたムガンはバケツを外す。

「あー、取れた！」

そして周囲を見回すと、ムガンは瞬時《しゅんじ》にワープした。

「これ外せ！　外せよ！」

ワイルドタイガーのワイヤーで拘束されているフガンのそばにやってくると、「お待たせ」と微笑み、ムガンはフガンの肩に手を置いて一緒《いっしょ》にワープする。

「っだっ！」

フガンがいなくなり、バランスが崩れたワイルドタイガーはそれでも何とか踏《ふ》み止《とど》まっていたが――。

「ど～～ん」

――はぁっ⁉

フガン、ムガンがワープしてワイルドタイガーの後ろに回り込み、ワイルドタイガーはそのまま屋根を転がり落ちた。ワイヤーで捕まえていたブラックも巻《ま》き添《ぞ》えにして、ワイルドタイガーは屋根の縁《ふち》でバウンドする。

「ぬぁあああああ！」

フガン、ムガンは次にトーマスの前にワープしてくると、しゃがみ込んでいたトーマスを立たせ、フガンがその右腕《みぎうで》を取り、ムガンが腕めがけて蹴《け》りを入れる。

「さっきのお返しに～これあげちゃう！」

「あああああ！」

右腕を折られ地面に倒れるトーマスを、フガン、ムガンがブーツで踏《ふ》みつけ、何度も執拗《しつよう》に体中を蹴って痛めつける。

「！」

バーナビーはトーマスを助けようと駆《か》けつけるも、ムガンがすぐに応戦する。そんな攻防《こうぼう》を繰《く》り広《ひろ》げるバーナビーたちをキャットは泣きそうな顔で見ていた。

と、突然ムガンがキャットの前に現れると、頬《ほお》を殴りつけなぎ倒《たお》した。吹き飛ばされたキャットは着地して呻き声を上げる。

「君がポンコツで助かった」

ムガンがにっこりと皮肉な笑みを浮かべる。

――作戦は失敗だ。トーマスもかなりの重傷を負っている。

ワイルドタイガーは現状を見据《みす》えながら、自らを奮い立たせた。

――けど、まだ残っているヤツらで十分戦える！

「キャット、お前の本気はあの程度なのか？　もっと出せるはずだろ！」

痛みをこらえながら、絞《しぼ》り出すようにトーマスが苛立《いらだ》った声を出す。

「……ごめんなさい」

弱々しく答えるキャットに、トーマスは吐《は》き捨《す》てるように言う。

「だから……誰かと組むのは嫌だったんだ！」

昴は言葉を失う。ワイルドタイガーも辛《つら》い心境ではあったが、自らを鼓舞《こぶ》して言った。

「んなこと言ってる場合じゃねぇぞ」

――怒《いか》りを向けるべきは目の前にいる犯人の二人だ!!

マッティアはアプトン研究所にきていた。

『ＨＥＲＯ ＴＶ』で、バーナビーたちヒーローと戦う敵が、「前よりも強くなった」と発言したこと、もう一人がそれを話さないように遮ったことが妙《みょう》に気になり、病院を抜《ぬ》け出して研究所へきてみたのだ。

自分が偶然生み出してしまった薬のせいなのかもしれない——マッティアはそんな考えが頭を離れなかった。

久しぶりのアプトン研究所は、以前と様相が違っていた。研究員で知らぬ間に辞《や》めた人もおり、妙に警備員の数も増えている。

——これも〝新薬〟の研究が進んでいるせいなんだろうか？

マッティアが廊下《ろうか》を移動していると、所長室から音声が漏れ聞こえて来た。

『あ～……また攻撃を返された……ヒーローが再三攻撃するも……その度に強力な攻撃を返されています』

——この解説は、『HERO TV』だ！

わずかに開かれていたドアを覗《のぞ》くと、マッティアには見覚えのないショートヘアの女性の後ろ姿と、壮年《そうねん》の紳士《しんし》がソファに座り『HERO TV』を見ていた。テレビに釘付《くぎづ》けになる男性の横顔が見えるが、マッティアの存在には気付いていない。

「誰だ？」

マッティアは注意深くさらに中を窺う。

「やはり例の薬を使って正解ね。ここまで彼らの能力を強大にするとは……」

女性が話す声が聞こえ、マッティアはハッとした。

そして、女性が用いた「例の薬」という言葉に、マッティアのぼんやりとしていた不安が確信に変わる。

「やっぱり僕の……」

男性は何も答えず、女性だけが一方的に続ける。

「これでミッションAは成功したも同然」

――何を言っているんだ？　この人たちが――例のスポンサー？

男性が何も言わず、女性は「ごゆっくり」と言い置いてソファを立つ。

部屋を出る気配がしたのでマッティアは慌てて物陰《ものかげ》に隠れてやり過ごした。それから女性が部屋を出て歩き去る。

マッティアはあたりを見回すと、女性の後をついていった。

一階の実験室ではランドルがせわしなくPCを操作している。

「辛い、しんどい、一回寝たい……」

「どうです、データ収集の方は？」

ランドルは、シガニーの声にびくりとして答える。

「順調です。ただこのまま投与《とうよ》し続けていいのでしょうか？　万一の事があっては」

実験室の中央では拘束された状態のグレゴリーが座り、周りを黒服の男たちが囲んでいた。

「その男は終身刑《けい》の身です。命のことは気にしなくて結構」

実験室を中二階から見下ろしながら、シガニーは冷たく言い放つ。

「はぁ……」

ランドルが返事をする間、グレゴリーの眼光は鋭かった。

遅《おく》れてやってきたマッティアは、廊下から実験室のドアに張り付き室内を覗き込んだ。

「あなたは臨床《りんしょう》データのことだけを」

「はいっ！」

指示を出す女性の声とランドルの姿を見、マッティアは胸騒《むなさわ》ぎがしていた。


『五名のヒーロー全員がボロボロになるほどに攻撃を受け、もはや立つことすらできない！』

マリオの実況《じっきょう》が説明する通り、俺たちは何度攻撃をしかけてもフガンに跳《は》ね返《かえ》されてしまっていた。

っつうか、こちらの攻撃を吸収した上でぶつけてくるから、下手に手出しできねぇ。かと言って何もしなければやられちまうだけだ。

「ほ～ら！」

「ぐは！」

フガンがブラックの顔を蹴り上げる。

「さっきはよくも騙《だま》してくれたね」

「ケンカするフリなんてしてさ！」

吹っ飛ばされたブラックのそばに、フガン、ムガンはすぐにワープして倒れたブラックのマスクをフガンが強くブーツで踏みつける。マスクがメキメキと軋《きし》む音が響《ひび》いた。

「ほら、『ごめんなさい』は？」

「ううあああ！」

叫び声を上げるブラック。すっかり優位に立つフガンにバーナビーがジャンプキックを繰り出す。

「やめろ！」

バニーの反撃を皮切りに、俺も力を振《ふ》り絞《しぼ》って殴りかかる。

「うぉおおおお！」

キャットもステッキを振り下ろす。

「やぁあああ！」

トーマスはテレキネシスで鉄パイプを持ち上げ、フガンに投げつける。

「ぐぅううう！」

俺のパンチ、キャットのステッキ、トーマスの鉄パイプが同時にヤツを襲う！

だが、フガンは能力を発動させ、紫色《むらさきいろ》の光を体中から放出させながら全ての攻撃を何でもないように受け止めた。

「だから……いくらやっても無駄《むだ》だって！」

俺たちの攻撃を吸収したフガンが、そのパワーを地面に放つ。地面は大きく陥没《かんぼつ》し、俺たちは全員が吹き飛ばされ、少しの間を置いて地面に叩《たた》きつけられる。

「相手にならないね、君たち」

ムガンがつまらなそうにつぶやく。

クッソォ!!　俺はマスクの内側でただただ歯噛《はが》みする。他のヒーローたちも皆、息も絶え絶えな状態だ。

そんな中、ブラックがふらふらと立ち上がり、フガンに執念《しゅうねん》の攻撃をする。まったく力のこもっていないパンチだが、ブラックの悔しい気持ちが痛いほど伝わる。

フガンはブラックを腹立たしそうに見た後、すぐにニヤッと笑みを浮かべる。

「ハイ、ちゅうもーく！　今みたいにへろへろな攻撃でも……こうなって返ってきまーす!!」

ブラックはフガンに喉元《のどもと》を掴まれ、体ごと持ち上げられる。

「うらぁ!!」

フガンにまたも吹き飛ばされるブラック。俺たちは唖然《あぜん》としてその光景を見ていた。

「嘘だろ……」

「くそ！」

トーマスは体を起こして、何としても能力を発動しようとしている。けど、トーマスの右腕はまったく使えないほどひでぇ状態だ。

「また返されるだけです」

能力を発動させる寸前で、バニーがそれを止める。

「だったらどうすればいいんですか！」

視線をバニーに向けるトーマスだが、バニーも即答することができない。

『最早《もはや》、打つ手なしということでしょうか？　ヒーローが攻撃をやめてしまいました。犯人の攻撃をただ耐《た》えるばかりです』

マリオの悲痛な実況が響く。

――まだ、打つ手なしとは思っちゃいねぇよ！　ただ……。

「ちょっと～！　攻撃してくれないとつまんないよ～」

フガンが挑発し、ブラックが体をどうにか起こしながら言う。

「お前がパワー溜《た》めてぇだけだろ！」

「バレたか」

フガンは首を傾《かし》げ、肩をすくめる。隣にいるムガンも口《くち》の端《はし》を持ち上げて微笑む。

「手を出しづらいのはわかるよ。やられちゃうもんね！　でもさ～」

ムガンはフガンに銃《じゅう》を向け、迷うことなく発砲《はっぽう》した！

バン！

――なっ⁉

しかし銃弾《じゅうだん》はフガンの体で跳ね返され、地面に落ちる。

銃を受けたダメージを吸収してパワーに変えた、ってことか!?

俺の全身が、この手段を選ばないヤツらを前に改めて戦慄《せんりつ》する。何てヤツらだ――。

「フフ」

「どっちみちやられちゃうよ！」

ムガンは続けて何度も発砲し、フガンは力を蓄《たくわ》えたのか余裕の表情を見せる。

「……そんなんありかよ」

呆然《ぼうぜん》とブラックがつぶやいた。

「さ～、そろそろいくよ～！」

万全《ばんぜん》の状態で近付いてくるフガンを目前に、バニーの声が聞こえてきた。

「どうします、このままじゃ」

「うう……」

何とかしなきゃいけねぇ……だが、すぐに答えがまとまらねぇ！

「ゴー!!」

出方に迷っている俺たちをよそに、痺《しび》れを切らしたフガン、ムガンはワープして消えた。

どこへ行きやがった!?

と、ヤツらがワープしたのはトーマスの背後だった。

「さよなら、白い人!!」

「う！！！」

フガンがトーマスに殴りかかろうとした瞬間、俺の体は勝手に動いていた。

「！！！」

意表を突かれるフガン。俺は能力を発動し、ヤツにタックルしてトーマスから遠ざける。

「だあああああ！」

「虎徹さん！」

バニーが心配そうに叫ぶ。

「ひとまず俺が食い止める！」

俺はタックルして掴んだフガンを投げ飛ばす。

「ちょっと、邪魔《じゃま》しないでよ！」

体を起こして向かってくるフガンを、能力発動中の俺は素早く避《よ》ける。

「くそぉ……」

フガンが悔しそうな表情で攻撃をしかけてくるが、俺は高速でそれを避け、躱《かわ》す。

だが、次第《しだい》にフガンに追《お》い詰《つ》められ、俺はフガンのキックを避けたはずみで柵の柱にぶつかってしまった。

「っ！」

まずい！　ここには逃げ場がない。

「へっへっへ……もう逃げらんないぞ！」

ヤツの言葉通り、後がない俺はフガンの攻撃を躱し、柵の柱に攻撃が当たった瞬間、咄嗟《とっさ》に次の一手を出してしまう。後ろの鉄柵《てつさく》は衝撃音《しょうげきおん》とともに破壊《はかい》される。

『ワイルドタイガー、ハイパーグッドラックモード』

音声ガイドとともに、ハイパーナノシステムを起動し、俺の腕がセットアップされた。

「はあっ！」

気が付くと俺は渾身《こんしん》のパンチをフガンに浴びせちまっていた。

フガンの体は俺のパンチの威力で大きく吹っ飛ばされる。それは、遠くの地面にバウンドさせるほどの力だった。

「フガン!!」

ムガンが大きく叫ぶ。

「やっべぇ、つい手ぇ出しちまった……」

ただヤツを止めるつもりが、夢中で反撃の手を出してしまった……。

フガンは衝撃を受け、地面に横たわったまま起き上がらない。

『や、やりました……ワイルドタイガー渾身の一撃が炸裂《さくれつ》しましたぁ!!』

「フガン……！　フガン……！」

ムガンはフガンに駆《か》け寄《よ》ると、その体を揺《ゆ》すっている。

立ち上がることもままならない俺をキャットが支えてくれる。ヒーローたちが周りに集まってくれた中、俺は肩で息をしながら言った。

「効いたのか？　今のヤツ……」

「でも、どうして？」

恐る恐る尋ねるキャットにブラックが言う。

「もしかしてあいつ、パワーを放出した瞬間だけはダメージを吸収できないんじゃ……」

ブラックの分析《ぶんせき》に、バニーもトーマスも黙《だま》り込む。

だとしたらハンドレッドパワーの全力を生身で受けたってことか？　すぐ病院に連れて行ってやんねえと！

俺はゆっくりとムガンたちのもとへ歩いて行った。

「おい……今のをまともに食らったんなら、もう立つことも……」

言いかけた俺の目の前で、寝ていたはずのフガンの足が持ち上がる。

――なっ。

「ほいっ！」

足を跳《は》ね上げるようにしてフガンが勢いよく立ち上がった。

俺は目を疑った。全然ダメージを受けてる様子もねぇ……ってことは、今のを吸収して？

フガンは口元についた血を拭《ぬぐ》うと、目を眇《すが》めるようにして微笑む。

「ビックリした？」

「さっき騙されたからお返しでーす！」

「うっ！」

「すっごいパワー溜まっちゃった……これを受けたら」

フガンが邪悪《じゃあく》な笑みを浮かべると、ヤツの体を包むオーラのように青紫色《あおむらさきいろ》の光が揺らめく。

背筋が冷たくなり、身構える。

「！！！」

「死んじゃうかもね！　たぁあああああ!!」

フガンはパンチを構え、ムガンとの連続ワープで見る見る俺に迫《せま》る。咄嗟に避けようと身構えるが、それより一瞬早く、ワープしたフガンは後ろから強烈《きょうれつ》な一撃を浴びせた！

「うわっ!!」

あまりの衝撃に目の前が暗くなり、俺の体は簡単に吹き飛ばされる。

教会の反対側にある建物に、そのまま俺は強大な力で、壁ごと抉《えぐ》り取るように叩きつけられた。

「虎徹さん!!」

振り絞るようなバニーの悲鳴が響いていた――。

小説 TIGER & BUNNY 2
パート1

≫ 第13話

Constant dropping wears away a stone.

（点滴、石を穿つ）

★★★

あれはもう十二年も前。『ハピネスダイナー』で私は幼い頃のフガンとムガンに出会った。

「住む場所がないなら来るか？」

「『いいの？』」

嬉《うれ》しそうに頷《うなず》いた二人を、幼いニモチルドレンが共同生活を送る宿舎に連れて行った。

だが、宿舎では大勢の子どもたちが暮らしていて、幼い中でも権力争いがあることはわかっていた。それを乗《の》り越《こ》えて、生きていってくれればいいと思った。

組織にいる以上、どこかでまた会える日もあるだろう――。

そんな矢先だった。突然《とつぜん》二人が私を訪《たず》ねてきた。

ムガンのワープ能力を使ってここへ来たのだろう。二人は雨に打たれ、びしょ濡《ぬ》れの姿で私の足にしがみついた。

「どうした？」

「おじちゃんと一緒《いっしょ》に住みたい！」

「お願い！」

幼いフガンとムガンは私の足にすがりついて泣いた。

そのときから、私たちはともに暮らし始めたのだ。

〝ヒーロー狩《が》り〟を二人にやらせろと組織が命じてきたのは半年前だった。無論私は反対した。

「その二人にやらせろとのことです」

「彼らは未熟です！　ヒーローに戦いを挑《いど》んでもどこまでできるかは！」

フガンとムガンの能力が高いことは私もよく理解していた。だが、純粋《じゅんすい》な彼らはヒーローのように命令を遂行《すいこう》できる経験と戦略に欠けると感じていた。

組織の男は私の必死の抵抗《ていこう》を淡々《たんたん》と受け流す。

「NEXTの危《あや》うさを印象付けられればそれでいい。死んでも他に駒《こま》はいるじゃありませんか」

「そんな！」

死んでも、などと簡単に口にするな、と考えかけて私がこれまで歩んできた道のりには死が切《き》り離《はな》せなかったことを思い出す。

「貴方《あなた》も組織の駒の一つであることを、お忘れなく」

男は私の右手を強く握《にぎ》り締《し》めたかと思ったら、手の甲《こう》に彫《ほ》られたウロボロスマークのタトゥーをトントンと軽く叩《たた》く。

私には不甲斐《ふがい》なくも、まったく返す言葉がなかった。

フガンとムガンには、新しい遊びでも提案するように切り出した。

「どういうこと？　ヒーロー倒《たお》すって？」

フガンの言葉にソファに座《すわ》って膝《ひざ》を抱《かか》えているムガンが首をかしげ、フガンも続けて言う。

「やっつけたい理由ないよ？」

私はムガンの描《えが》いたL．L．オードゥンの絵を見せ、あまり関心のなさそうな二人の興味を引くように説得する。

「憧《あこが》れの人を超《こ》えたいと思わないか？」

「「へ？」」

「L．L．オードゥンが倒したヒーローの数をお前たちなら超えることができるんじゃないか？」

フガンとムガンはキョトンとした顔で私を見ていた。彼らの曇《くも》りのない目が私を見つめると、心が痛む。

その夜《よる》遅《おそ》く、二人の寝室《しんしつ》の前を通りかかると、まだ起きているのか二人のおしゃべりが聞こえて来た。

「きっとおじちゃんはウロボロスからの命令で僕《ぼく》たちに提案したんだよ」

ムガンがそう言うと、フガンが言葉を返す。

「やってあげようか、おじちゃん喜ばすために」

ムガンはそれに承諾《しょうだく》して答えた。

「うん。育ててくれた恩返しだ」

私は扉《とびら》の前でハッとして立ち止まり、それから彼らを巻き込んでしまったことを後悔《こうかい》した。

純粋だが、聡明《そうめい》な彼らはすべて理解した上で受け入れようとしてくれている。

それなのに私の行おうとしていることは……考えるも、すべてはもう遅《おそ》い――。

私にできることは、最後まで責任を持って彼らを見届けることだ。

フガンとムガンだけを、危険には晒《さら》せない――。


テレビの向こうできっとブラーエおじちゃんは僕たちの戦いを見てくれている。

これまでの戦いのこと、帰ったらたくさん話したいな。

フガンと僕とで、最後の仕上げに取《と》り掛《か》かるからね。僕はフガンのサポートをしっかり務めてみせる。

「もうちょっと待っててね」

「「おじちゃん」」


ワイルドタイガーは自らがハイパーグッドラックモードでフガンに与えたダメージを返され、吹《ふ》き飛《と》ばされて激しく壁《かべ》に激突《げきとつ》していた。

「うう……」

「虎徹《こてつ》さん！」

バーナビーは思わず悲痛な声を上げる。

「ぐ……うう……」

しかもワイルドタイガーは大きく埋没《まいぼつ》した壁から、積雪の上に倒れ込んでしまっていた。

「ハイ、終わったぁ」

フガンが満足そうに微笑《ほほえ》む。

「虎徹さん……」

雪の上で動けずにいるワイルドタイガーをバーナビーも、他のヒーローも皆固唾《みなかたず》を呑《の》んで見つめた。ブラック、トーマス、キャットもそれぞれ怪我《けが》の痛みに耐《た》え、荒《あら》い息を吐《は》いている。

「残りは誰《だれ》からやっちゃう？」

品定めするようにムガンがつぶやく。

その言葉に反応し、皆が緊張《きんちよう》した表情で応戦の構えを取る。

ワイルドタイガーが倒れてしまった今、自分が攻撃《こうげき》に出るしかない。バーナビーは当然のごとく考えるとともに、少し気になることもあった。

――イチかバチか、「それ」を試《ため》してみよう。このまま何もしないより少しでも可能性のあるほうを選ぶ――。

決意のもと、バーナビーはフガンに立ち向かった。

「はぁあああ～！」

『ああっとバーナビーがぁ!?』

実況《じっきょう》のマリオが解説を再開する。

バーナビーは能力を発動させ、ハンドレッドパワーで素早《すばや》いパンチをフガンに連続して繰《く》り出した。

「はぁあああ～！」

バーナビーのパンチは次々とフガンにヒットする。しかしダメージを能力に変えられるフガンはその攻撃を同時に吸収する。

「はぁあああ～！」

フガンはバーナビーの攻撃を受け続けていたが、左手を振《ふ》り上げると蓄積《ちくせき》したパワーで殴《なぐ》りつけた。

「えいっ！」

「うっ！」

バーナビーは自ら仕掛《しか》けた分と相応のダメージを食らって吹き飛んだ。彼のフェイスマスクの右側に亀裂《きれつ》が入り、一部が破損して右目側が露《あら》わになってしまった。

「はっ！」

――まだまだ！

だがバーナビーは吹き飛ばされながらも踏《ふ》み止《とど》まり、再びフガンに連続してパンチを仕掛け続ける。

「うおぉぉぉぉ！」

「しつこいなぁ」

フガンは呆《あき》れつつもどこかうっとりとした表情で、バーナビーの攻撃を全部受け入れている。

「はっ！　はっ！　はっ！　ぐあぁあああああ～！」

「もう～」

フガンには攻撃によるダメージ――痛みなどはまったくなさそうに見える。そして、バーナビーがパンチを食らわすほどにフガンは生き生きとしていくのだった。

――フガンのパワーはここまでかなり蓄積されているはずだ。

バーナビーは必死に戦いながらも、状況《じょうきょう》を分析《ぶんせき》していた。


バーナビーとフガンの攻防《こうぼう》を見かねたブラックが通信で呼びかけた。

『これ以上、パワー溜《た》めた攻撃受けたら死にかねぇっすよ……』

そうつぶやくブラックも、疲弊《ひへい》しきって荒い息を吐いている。


スイッチングルームではユーリがバーナビーの行動を静かに見つめていた。厳しい表情のアニエスにユーリは告げる。

「タイガーが倒され、冷静さを欠いているように見えます……」

アニエスはそれに答えず、沈鬱《ちんうつ》な表情のままモニターを見つめた。

「うわあああ～！」

バーナビーはひたすら全力でフガンへの攻撃を続けている。

「俺《おれ》らが飛び出して、攻撃しないよう止めたほうが……」

バーナビーを案じたブラックが通信で皆に提案する。

「待ってくれ！　……バニーには何か狙《ねら》いがあるはずだ」

しかしブラックの言葉を遮《さえぎ》り、ワイルドタイガーが息も絶え絶えにそう言った。バーナビーを見つめていたキャットとトーマスもハッとしてワイルドタイガーを振《ふ》り返《かえ》る。

――虎徹さんが僕の策略に賭《か》けてくれている――。

バーナビーにもワイルドタイガーの言葉が届いていた。その言葉に勇気づけられ、新たなパンチを繰り出す。

バーナビーが攻撃する間、ムガンが不意を突《つ》いてブラックとキャットの背後にワープする。

「僕も忘れないで」

「！」

キャットはその声に反応する。するとムガンはブラックを殴《なぐ》り倒《たお》し、すかさずトーマスの背後にワープして怪我をした右腕《みぎうで》にパンチを入れ、倒した。

次に、背後に現れるかと後ろを気にしていたキャットの前面にワープし、ムガンは手で薙《な》ぎ払《はら》うように倒す。

「きゃっ！」

ムガンの動きは素早く、三人は連続して倒されてしまった。

バーナビーは攻撃の仕上げに入ろうとしていた。

『バーナビー、ハイパーグッドラックモード』

音声ガイドとともにバーナビーの右足が光の輪に包まれていく――ここで自分の持てる力をすべて注《つ》ぎ込《こ》もうとバーナビーは決意を目に滲《にじ》ませる。

「フフフ……」

相手であるフガンは変わらず不敵な笑《え》みを浮《う》かべていた。

――この攻撃がそのまま返ってくることはわかっている。

だけど、突破口《とっぱこう》はここに、あるはずなんだ！

「うああ～～～！」

バーナビーは渾身《こんしん》のキックをフガン目がけて炸裂《さくれつ》させた。

ハイパーグッドラックモードの全精力を注いだキックを受け、フガンの表情は恍惚《こうこつ》とする。

その体は青紫色《あおむらさきいろ》に輝《かがや》き、表情は歓喜《かんき》に満ちていた。

「おお～、こんなに溜まったの初めて」

嬉しそうに微笑むフガンは、目の色も体を包む光もかつてないほど強く青紫色の光を放っている。

静寂《せいじゃく》が訪れた地に、教会の鐘《かね》が鳴《な》り響《ひび》く。

「ううっ……ハッ……ハァ……ハァ……」

ハイパーグッドラックモードが終了《しゅうりょう》すると、スーツの至る所からスパークが走っていて、バーナビーは精根尽《つ》き果《は》ててその場に倒れ込んでしまった。

「あ~らら、クタクタだぁ。今、楽にしてあげるね」

うっすらと開いた彼の目に、遠くに立つフガンとムガンが映る。

「一体どんな秘策が……」

ブラックは不安そうにつぶやく。ワイルドタイガーもバーナビーの出方を窺《うかが》っていた。

しかしバーナビーはわずかにも体を動かすことができない。フガンとムガンは手を繋《つな》ぎ、バーナビーの眼前までワープしてくると、二人は手を伸《の》ばし、無抵抗《むていこう》なバーナビーの首を掴《つか》んで高々と持ち上げた。

ムガンの右腕、フガンの左腕《ひだりうで》がそれぞれバーナビーの首を容赦《ようしゃ》なく締《し》め上《あ》げる。

「ぐっ……！　ああっ……！」

バーナビーが苦痛に声を漏《も》らす中、フガン、ムガンは微笑み、嬉しそうに声を合わせた。

「「バイバイ、ヒーロー」」

「うおぉおおお~っ!!」

その直後、フガンはそのまま振り上げた左腕で強烈《きょうれつ》なパンチを放つ。それはバーナビーの顔面を直撃《ちょくげき》し、完全にマスクを打《う》ち砕《くだ》くと、そのままの勢いで彼の体を吹き飛ばした。

そしてオードゥンの記念碑《きねんひ》の壁に激突したバーナビーは、マスクが崩壊《ほうかい》した状態で落下し、そのまま階段まで落ちて止まった。

「あ、あっ……うう……」

バーナビーは、瀕死《ひんし》の状態で呻《うめ》き声を漏らした。

——どうにか息はできる。それに、意識もある。

だけど、立ち上がることは……無理だ。

「何も無かったっす！　タイガーさん……」

悔《くや》しさと怒《いか》りのこもった声で、ブラックが呻くように言った。

「狙いなんて無かったじゃないスか!!」

「……そんな」

呆然《ぼうぜん》とワイルドタイガーがつぶやいた。

——狙いは、ある。

その狙いが正しかったかどうかは、この後わかるはずだ——。

バーナビーは依然《いぜん》、倒れた姿勢のまま動くことができずにいたが、頭の中では冷静に考え続けていた。

フガンの強烈な一撃《いちげき》を受け、倒れてしまったバーナビーに、ワイルドタイガーも動揺《どうよう》はしたが、同時に一連の攻撃の意味を考えてもいた。

——あの冷静で分析力の高いバニーが、無駄《むだ》な攻撃をしかけるわけがない。

何か狙いがあるはずなんだ——。

しかし、バーナビーも含《ふく》め、現状では全員がまともに動ける状態ではなかった。ワイルドタイガーは次にどう動けるかを思案した。

「おつかれ～。金髪《きんぱつ》イケメンＪｒ．やっつけたらもう僕らの勝ちだよ！　やったねフガン」

攻撃を終えたフガンに、ムガンが満面の笑みで近付く。

だがフガンは俯《うつむ》いたまま小さく呻き声を上げている。

「うっ……てぇ……」

——何だか様子が変だ。

ワイルドタイガーもフガンの様子に注意を向けた。

その反応に戸惑《とまど》うムガンに、フガンが弱々しく伝える。

「……やっちゃった」

「え？　やっちゃった？」

「左手、折れた」

フガンは肩《かた》を落とす。その言葉通り、フガンの左手はだらりと力なく垂れていた。

「嘘《うそ》!?」

「骨っていうか、拳《こぶし》がもう……。薬でパワー上がったからさ、体が耐えきれない力で攻撃しちやったみたい」

しょんぼりとつぶやくフガンの左手に、ムガンはそっと自分の手を添《そ》える。

「痛いよね、平気？　右手だけでいける？」

「それが、右ももう……実は、あのグリーンのヤツ殴った時にやっちゃってて……」

「は!?」


スイッチングルームでは、アニエスが驚《おどろ》きの声を漏らした。

「ひょっとして、拳を……」

ワイルドタイガーはその声にハッと反応する。

アニエスの後ろに立ち、状況を見つめていたユーリが口を開く。

「バーナビーは、ハンドレッドパワーで攻撃を繰り出していけば、ダメージを蓄積し攻撃力に変えるという敵の身体リミットを超《こ》え、壊《こわ》れると読んだのでしょう」

ユーリの分析をキャットもブラックもトーマスも、倒れながら通信で聞いている。

「確かにバーナビーへの攻撃は左手のみでした。そこですべてを察した彼は、相手の左手も破《は》壊《かい》するために自らが犠牲《ぎせい》になり、攻撃を繰り出した」

「……バニー」

――それが狙いだったのか。

さすがバニー、と感心すると同時にワイルドタイガーは随分《ずいぶん》危険な作戦をしたものだとひやひやさせられる。

『よかった……読み通りだったようですね……うっ！』

バーナビーが痛みをこらえながら、やっと答える。

――意識もあるし、喋《しゃべ》れるみてぇだな……よかった！

しかしあれだけのダメージを受け、立ち上がれる状態ではないことをワイルドタイガーも理解していた。

「無茶しやがって……下手すりゃ死んでたぞ！」

ワイルドタイガーは匍匐《ほふく》前進してバニーのところへ向かう。

トーマスが体を起こし立ち上がる。それを受けブラックもよろめきながら体を起こす。

『だよな。一気にいくしかねぇ』

『はい……』

キャットも同時に起き上がった。

――皆、考えていることは一緒のようだ。フガンの攻撃力が劇的に弱まっている今、集められるすべての力でヤツらを封《ふう》じ込《こ》めるしかねぇ！

「こうなったら一度逃《に》げよう？　無理しなくてもまた」

ムガンは泣きそうな顔でフガンに提案する。しかしフガンはそれを遮った。

「逃げたりしたら、おじちゃんが怒《おこ》られるかもしれないもん！」

――おじちゃん。

さっきもフガン、ムガンは「待っててね、おじちゃん」って言ってたな。

こいつらを動かしているボスか、それとも……。

ワイルドタイガーはフガン、ムガンを見据《みす》えた。

★★★

アプトン研究所の所長室でブラーエはフガン、ムガンの最後の戦いをテレビ中継《ちゅうけい》で観《み》ていた。

圧倒的《あっとうてき》に優勢だったフガンが突然動きを止め、苦痛に顔を歪《ゆが》める姿が映し出される。寄《よ》り添《そ》うムガンも今にも泣きだしそうな表情だ。

「どうしたフガン！　何が……」

ブラーエは一瞬《いっしゅん》不吉《ふきつ》な予感がよぎり、テレビに向かって思わず叫《さけ》ぶ。

——まさか、薬の副作用が……？

もっとよく彼らの状況を確かめようとしたブラーエの耳に、
パン！

突然銃声《じゅうせい》が聞こえた。銃声はそのまま連続して響《ひび》く。

「ん？」

ブラーエは立ち上がり、扉を開いた。

パン！　パン！　パン！　パーン！

廊下《ろうか》にも断続的な銃声が響《ひび》き渡《わた》っていた。

――何が起きた？


音のする方へ移動していき実験室に辿《たど》り着《つ》くと、ブラーエは周囲を窺いながらドアを開ける。

中二階の研究室は暗く、一階の実験室を見下ろせるガラスが銃弾《じゅうだん》で撃《う》ち抜《ぬ》かれている。

「うう……」

呻き声に気付き視線を落とすと、床《ゆか》に倒れている足が見えた。

「！　ミズ・ロシツキー！」

右腕を押さえ、彼女《かのじょ》は苦しそうに答える。

「グレゴリーがライフルを奪《うば》って……うっ！」

その言葉にブラーエは一階の実験室を窓から覗《のぞ》いた。

研究員も黒服の男も、全員が銃《じゅう》で撃《う》たれて倒れている。その惨状《さんじょう》にブラーエは唖然《あぜん》とした。

――まだ近くにいるはずだ！


時を同じくして、ブラーエを追ってきたマッティアは銃声に反応した。

「何の音だ？」

マッティアは素早く手近な倉庫に身を隠《かく》すと、息を潜《ひそ》めて様子を確認する。

奥《おく》から、ジャラジャラと金属音を響かせながら走る音が聞こえた。恐《おそ》る恐《おそ》るマッティアはドアの隙間《すきま》から覗く。

するとライフルとジュラルミンケースを小脇《こわき》に抱えて走っていく長身で囚人《しゅうじん》服を着た男の姿が見えた。手にしたケースとともにアンプルを持っていたことに気付く。

「僕の薬……？」

拘束具《こうそくぐ》を引きずったまま走っていくグレゴリーの後ろ姿を、廊下に出て来たブラーエが追う。

「待つんだ！　逃げられないぞ！」

ブラーエは凄《すご》むと、その後を追って足早に歩き去った。


バーナビーもワイルドタイガーも立ち上がれないほどの怪我を負った中、トーマスも右腕が動かせない状態にある。ブラックも立ち上がるのもやっとである。

キャットは苦戦を強《し》いられながら、ずっと後悔していた。

――私があのとき、水圧でムガンを気絶させられていたら……。

ドラゴンキッドが入院してしまってから、キャットは能力を十分に出せない状態だった。

トレーニングルームにフガンとムガンが現れたときも、試しに出してみようとした水はほんのわずかな量だった。その後も、コロッセオのロッカールームでも状態は変わらなかった――。

だから本当は、あの作戦を立てたときに正直に言うべきだったのかもしれない、とキャットは考えていた。

——力が出せないからムガンを気絶させられないかもしれません——そう自分の状況をちゃんとみんなに相談していたら計画自体が変わって、今頃《いまごろ》はもっといい方向に事態は進んでいたかもしれない……。

そんな後悔と自分の無力さが彼女の頭の中を巡《めぐ》る。

〝絶対にあいつらをやっつけてキッドさんを助ける！〟

その想《おも》いが揺《ゆ》らぐことはないが、想いと焦《あせ》りが重なり能力が発揮できなくなってしまっていた。こんな、一番重要なときに——。

キャットは悔しさに自分を責めるしかなかった。


「じゃあさ……一気にやると体、壊れちゃうからジワジワ攻撃にしよう。ちょこちょこ攻撃するだけでもあいつらならやっつけられるよ！」

「そうだね」

ムガンとフガンが話し合っている。

能力は発揮できないかもしれないが、キャットはこんな状態でやられるわけにはいかないと自らを奮い立たせた。

「皆で背中合わせになりません？　背後からの攻撃防げるかも」

キャットは率先《そっせん》してブラックとトーマスに提案する。フガンは右手も左手も使えない。きっと、ワープを使って不意打ちを狙ってくるはず、そうキャットは考えた。

「そうだな」

賛成してブラックが駆《か》け寄《よ》ってくる。そしてその場から動かないトーマスにも声をかける。

「おい！」

少しの間を置いて、トーマスもキャットの近くへ歩み寄る。

キャットたち三人は背中合わせになり、攻撃に備えて構える。

しかしトーマスの前にフガン、ムガンがワープしてくると、フガンが動かせる足でトーマスの腰《こし》を蹴《け》り飛ばしてしまった。

「うっ！」

トーマスが吹き飛ばされ、ブラックとキャットは二人で背中を合わせ次に来る攻撃に備える。

と、ムガンがキャットとブラックの間に割って入るようにワープして、二人を同時に吹き飛ばした。

「「わあっ!!」」

ブラックも、キャットも容赦なく地面に叩きつけられてしまう。

「うっ……」

トーマスは右腕をかばうように起き上がるが、すぐに気付いたフガンに背中を押《お》し倒《たお》される。

――諦《あきら》める、もんか……。

キャットはどうにか体を起こすが、すぐにムガンが目の前にワープしてきて倒されてしまう。

「うわっ！」

起き上がってもこちらからまったく攻撃できない。

同じく体を起こしたブラックは、周囲を警戒《けいかい》する。しかし、どこから現れるかわからないムガンがワープしてブラックを背中から羽交《はが》い締《じ》めにする。

「はっ！」

そしてムガンは上空を見上げワープすると、ブラックを上空で手放した！

ブラックは落下し、そのまま音を立てて地上に叩きつけられた。

「うっ！」

――ひどい。

キャットは心の中で悲鳴を上げる。

苦しくて厳しい状況がずっと続く中、トーマスはそれでも諦めずボロボロの体で起き上がろうとする。

「しつこいなあ」

イライラしたようにフガンが言い放つ。

「ちょこちょこ攻撃じゃ俺らは倒れねぇぞ！　一発ドカンとやってこいや！」

ブラックが起き上がる。キャットも必死に起き上がる。

「そうだ!!」

――私たち三人で、フガン、ムガンをやっつけてみせる。

「！」

二人の覚悟《かくご》にトーマスも反応する。

「皆、自分が盾《たて》になってフガンを壊すつもり？」

スイッチングルームのアニエスが思わず声を上げる。

バーナビーもワイルドタイガーも動くことができず、ブラック、トーマス、キャットが倒れてもまた立ち上がり、向かっていくのを見守るしかなかった。

「さあ！　来いよ!!」

トーマスがフラフラになりながらも立ち上がり、フガンを挑発《ちょうはつ》する。そんな彼の姿に苛立《いらだ》ったフガンがムガンを見る。

「ああ！　もう壊れてもいいからフルパワーでやっちゃう！　攻撃してきて」

「え、でも……」

戸惑うムガンにフガンは必死で説得する。

「怪我なんて治せばいいから！」

「だけど」

「ムガン！」

懇願《こんがん》するようなフガンに、ムガンも腹を決めたのか銃を向ける。

パン！　パン！

ムガンは連続してフガンに銃弾を浴びせる。

「きたきた～！」

フガンはダメージを吸収して、恍惚とした表情を浮かべる。その体は青紫色の光に包まれた。

新しい銃弾を装塡《そうてん》して、ムガンはなおもフガンに銃を撃ち続ける。撃たれながら、フガンはトーマスたちを不気味な笑みとともに眺《なが》めた。

「倒れない君らが悪いんだからな」

――ずいぶんたくさんの銃弾を浴びた――フガンの体の限界はもはや超えているはずだ。どこまでトーマスたちが応戦してくれるか。

バーナビーはそんな考えを巡らせながら、自分のコンディションを見計らっていた。

少しでもこの体が動けば……。

「はい、センキュー！」

ムガンが銃を下ろし、フガンはフルパワーになり上機嫌《じようきげん》でヒーロー三人を見る。

「えっと、ど、れ、に、し、よ、う、か、な！」

トーマスに視点を定めたフガン。と同時にムガンがその肩に手を置きワープした。

――危ない！

だが、トーマスの後方からブラックが走《はし》り込《こ》んできて両手でバリアを出そうとする。

「はっ！」

「フッ……ウラァ!!」

しかしフガンが右足でブラックにキックし、バリアともどもブラックは吹《ふ》っ飛《と》ばされてしまった。

「あああ！」

「！　おい……」

ハッとしてトーマスはブラックに呼びかける。

「一番攻撃力あんの、お前だからな……やられるわけいかねぇだろ」

ブラックは、息も絶え絶えになりながら続ける。

「気にすんな……俺はお前の、サポート役だ……」

そう言うと、ブラックは気絶してしまった。

「おい！！！」

呼びかけるトーマスは、普段《ふだん》の彼に似合わずひどく動揺している――。

「アイツ……」

ワイルドタイガーがつぶやく。

バーナビーも、身を挺《てい》してトーマスを守ったブラックに胸が熱くなるのを感じていた。

「あぁううっ！　うう……」

そんな中、フガンが左足から崩《くず》れ落ちる。

今の一撃で、右足を痛めたことがバーナビーにも予測できた。

「大丈夫《だいじょうぶ》？」

不安そうに寄り添うムガンに、フガンはごく小さい声で答える。

「やっぱり壊れちゃった……」

「え〜!?」

声を上げるムガン。フガンは執念《しゅうねん》で微笑む。

「平気平気。動くところで白いのやればいいもん」

ムガンも励《はげ》ますように続ける。

「まぁ、あの猫《ねこ》は戦力外だから……」

「やあああ！！！」

話す二人に、キャットが攻撃をしかける。しかし、水圧は強力とは言えず、二人にダメージを与えるほどではなく、

「きゃあっ!!」

彼女の背後にワープしてきたムガンに一撃で倒されてしまった。

「大人しくしてて！　白いのやったら全員固めてあげるから」

キャットはそのまま倒れて動けない状態になってしまった。

倒れた状態のキャットが映し出されたテレビ画面を母親のザミラは不安そうに見つめている。

「ラーラ……」

今や、立っている状態なのはトーマス一人となった。

「ちょっと待っててね。もう一回パワー溜めるから……ムガーン！」

「うん」

しゃがんでいるフガンのそばにワープしてきたムガンは銃を構える。

パン！　パン！　パン！　パン！　パン！

——ずっと繰《く》り返《かえ》されている……でも、残っているのはあと左足だけか。

バーナビーは朦朧《もうろう》とする意識の中、どうにか頭を巡らせようとする。

「バニー……俺はもう立つのがやっとって感じだ……そっちはどうだ？」

ワイルドタイガーの苦しそうな声で通信が入る。

「息をするのが精一杯《せいいっぱい》です……」

バーナビーもやっとの思いで答えた。

「だよな……」

——僕の息遣《いきづか》いも途切《とぎ》れているが、虎徹さんも相当だ——。

『トーマスがやられたら、もう……』

バーナビーの耳に、アニエスの低いつぶやきが聞こえてきた。

——いいえ、まだ終わったわけではありません。

心の中で、バーナビーはそう繰り返していた。

フガンはムガンの銃弾を受けて、ボロボロのはずなのに笑っている。

――トーマスさんがやられたら終わり……そんなこと言わせない。

私だって立派に戦力になれるはずなんだ。でも……。

ステッキを支えにして立ちあがろうとすると、猫のマスコットが持ち手に揺れているのが目に入った。

あ……。

猫のマスコットの首にはキッドさんからもらったお守りの袋《ふくろ》がついていた。

『ホァン家に代々伝わる勇気が出るおまじない……』

本当に困ったときは中を見て、と言ってくれたキッドさんの言葉を思い出し、私はお守りをステッキから取り外す。お守り袋《ぶくろ》の中には折《お》り畳《たた》まれたメモが入っていた。

「！」

そこにはキッドさんが描いてくれた猫のイラストと――メッセージが書かれていた。

〝キャットならだいじょうぶ〟

え、それだけ!?

可愛《かわい》い猫のイラストとシンプルなメッセージ――思わず心の中でツッコんでしまった。

フフッ……。

こんな大変なときなのに、思わず笑みがこぼれる。

メモの文字や、おまじないを渡《わた》してくれたときの表情を思い出すと、キッドさんは委縮してしまった私を少しでも楽にさせてくれる為《ため》、私に自信を付けさせてくれる為に試行錯誤《しこうさくご》してこのメモを考えてくれたのかもしれない――。

キッドさんは、私が能力をうまく使えないときも見守っていてくれて――。

彼女の優《やさ》しさが文字やイラストから痛いほどに伝わってくる。

キッドさん、離《はな》れていてもずっと一緒に戦ってくれていたんだ……。

私の中に勇気と、温かい気持ちが同時に流れ込むのを感じていた。

「OK！　行こう！」

パワーの溜まったフガンは、ムガンに抱《だ》きかかえられるようにして立ち上がり、二人でワープする。

――トーマスさんが危ない！

私の予想通りにフガンとムガンはトーマスさんの後ろにワープしてきた。

フガンはムガンに体を支えられ、唯一《ゆいいつ》折れていない左足を高く上げようとしていた。

「バイバイ……」

――思い通りにさせてたまるか!!

強い衝動《しょうどう》に駆《か》られると私はステッキを構え、能力を発動させた自覚もないままに叫ぶ。

「や、め、ろぉ〜〜〜！！！」

ドウッッ!!

私の放った水流は見たこともないほどの勢いと圧で渦《うず》を巻き、フガンとムガンを呑《の》み込んでいった。

「やった……」

能力、ちゃんと使えた……。驚きと嬉しさで私は呆然としてしまった。


キャットが放った水流がフガンに当たり、そのフガンによってムガンが押し飛ばされてしまっていた。やがて水が引いていくとフガンはずぶ濡《ぬ》れの状態で倒れていた。

「……ぬお〜邪魔《じゃま》されたぁ！　もうアイツからやっちゃおムガン！」

フガンが怒りの視線を向け、ワイルドタイガーは身構える。

——キャットが反撃《はんげき》されちまう！

ワイルドタイガーは危機感を覚えたが、フガンはムガンがいないことに気付き視線を逸《そ》らす。

——ムガンがいない……直前にワープしたのか？

姿を捜しながら、ワイルドタイガーはそこにいる全員が息を呑んだのがわかった。

「!?」

ムガンは――先程《さきほど》ワイルドタイガーとの戦いでフガンが破壊した鉄柵《てっさく》に、背中から突《つ》き刺《さ》さっていた。

「ムガン？」

フガンが冷静さを失って叫ぶ。

「ムガ～～～ン!!」

「熱い……お腹《なか》が熱いよフガン……どうなってるの僕の体……」

鉄柵の上で、鋭《するど》い杭《くい》に刺《さ》さったまま動けないムガンが口《くち》の端《はし》から血を流している。

「ワープでこっち来いよ」

フガンの呼びかけにもムガンは弱々しく答える。

「駄目《だめ》だ……今、無理……」

「そう……すぐ終わらせて迎《むか》えにいくね……」

フガンはそう言って体を起こすと、キャットを睨《にら》みながら左足だけで立ち、片足ジャンプしながら向かっていく。

「！」

キャットは慌《あわ》ててステッキを構え、水流を放ったが、さっきのような強い勢いはなかった。

「ううう……」

水圧を受けながら近付くフガンが直前で水圧を躱《かわ》し、右腕を振り上げ、キャットは強烈な肘《ひじ》打ちを受けて飛ばされてしまった。

「きゃあ！」

『ああ……ついにマジカルキャットが食らってしまった……』

「はっ！」

テレビ画面の向こうでは、ザミラが悲痛な声とともに両手で口元を押さえる。

ここから先は、俺たちが力を振《ふ》り絞《しぼ》る番だ。早くこの戦いを終わらせてムガンのやつも病院に連れて行ってやらねえと——。

ワイルドタイガーの中に、闘志《とうし》の炎《ほのお》が燃え上がった。

トーマスはフガンと戦おうと気力を振り絞って立っている。フガンはムガンをやられた憎《にく》しみで、片足でやっと立っている状態にもかかわらずトーマスを鋭く睨む。

「ううっ……頭突《ずつ》きで、終わらせてやる！」

フガンは覚束《おぼつか》ない両手で銃を持ち、自分の腹を目がけて撃《う》ち込む。

静まり返った周囲に、銃声が幾度《いくど》も響いた——。

街頭ビジョンでは自分の体に銃を撃ち込むフガンの姿が映し出されていた。

その様子に、市民たちは悲鳴を上げ、怯《おび》えた表情で画面を見つめていた。

「ヒーローが、負ける……」

「嘘だろ」

呆然と市民たちは絶望のつぶやきを漏らしていた。

撃ち終えたフガンは、パワーが溜まった様子で体を起こし、トーマスの方へ向く。

「よし、これで……」

「!?」

突如《とつじょ》フガンの両手が持ち上げられ、手にしていた銃が地面に落ちる。

フガンの手首を摑んで持ち上げているのは――ワイルドタイガーの腕《うで》だった。

「？　なにコレ??　どういうつもり？」

フガンは信じられない、という表情から怒りへと表情を変えていく。

「いや、俺は何も……」

ワイルドタイガーは戸惑いの表情で答え、さりげなくトーマスへ視線を誘導《ゆうどう》する。

「は？」

トーマスが左手を上げると、ワイルドタイガーのフガンを摑んでいる手も上がる。ワイルドタイガーとトーマスの動きを見比べていたフガンはワイルドタイガーがトーマスに操《あやつ》られていると察し、鼻で笑った。

「あ、そういうこと？　ひっでぇヤツだな君って。自分守るためにこの緑のヤツ動かしてるんだ？　わ〜、ヒーローっていい人じゃなくてもなれるんだね〜」

トーマスは能力を発動し、離れた場所からワイルドタイガーを動かし続ける。フガンは蔑《さげす》むようにギュッと憎しみに顔を歪めた。

「君さ、いろんなひとに庇《かば》ってもらってたよねぇ。それでも自分守ろうとしちゃうんだ？」

「……」

トーマスはフガンの言葉にも動じず、無言で能力を発動し続ける。

「結局、そんなもんなんだ、ヒーローって！」

ワイルドタイガーは悲痛な想いでフガンの言葉を聞いていた。

——コイツは罪のないヒーローを何人も倒してきた。それは絶対に許されることじゃねぇ。だが、コイツの中にもヒーロー像があって、それは意外にも純粋なものなんだ、と複雑な思いがした。

「もうヒーロー全員死ね！　ムガンをあんな風にしたお返しだ！　全員殺す！」

フガンの怒りが激しくなる。

そろそろ決着をつけるときだ。ワイルドタイガーはフガンの手を掴む腕に力を込めた。

「おい、この手、放せよ！　おい!!」

フガンはトーマスに視線を送りながらも、逃《のが》れようと体を揺らす。しかし、ワイルドタイガーがギュッと力を入れて握《にぎ》り直したことでフガンの顔色が変わる。

「あれ？　なんでアンタが力んでんの？　操られてんじゃないの？」

フガンはワイルドタイガーを見てからトーマスに視線を戻《もど》す。

「ってことはアイツは？」

――そう、俺は囮《おとり》でトーマスが操っていたのは――。

トーマスの手の先にいるのは、バーナビーだったのだ。

トーマスによって上空に浮かんでいたバーナビーは、トーマスが手を下ろしたことによる、降下の勢いを利用して高い位置から右足を上げ、落下しながらフガンの後頭部へとキックを決める。

「ぬああ〜！」

バーナビーの一撃を受けたフガンは、前屈《まえかが》みになり、それと同時にワイルドタイガーが両手を下ろしたことにより、自分の拳を自分の腹へ打ち込むような体勢になる。自らの拳に溜《た》まっていたエネルギーがフガン自身に注ぎこまれ、勢いよく吹っ飛ばされた。それは遠く離れたオードゥンの記念碑に激突するほどの強大な威力《いりょく》だった。

「うぐっ！」

フガンは衝撃《しょうげき》で血を吐《は》き出し、階段の上に崩れ落ちると、そのまま倒れた。

『や、やりました！』

熱を帯びたマリオの実況が響いてくる。

『敵の体にチャージされていた力をそのままぶち込《こ》んだということでしょうか……とにかく、倒れました！　起き上がれません!!』

街頭ビジョンの前では倒れるフガンの映像とともに、市民たちが驚愕《きょうがく》の声を上げ、歓喜に沸《わ》いていた。

スイッチングルームでは、アニエスが思わず中腰《ちゅうごし》になり、ユーリも目を見張っていた。

「お疲《つか》れさん」

バニーの体を支えながら、俺は一緒に作戦に協力してくれたトーマスに通信で声をかける。

サムズアップをすると、隣《となり》のバニーもサムズアップする。

トーマスは一瞬ためらうような間があった後、何も言わずに左手を軽く上げた。

トーマスらしいな……。俺はマスクの中で、思わずニヤニヤしちまった。

さあ、後は最後の仕事だ――。

バニーと俺は、ゆっくりと移動して倒れているフガンのそばへやってきた。フガンは虫の息で、うっすらと目を開ける。

「もう、参ったしろよ」

俺は、フガンに声をかけた。懸命《けんめい》に戦って瀕死の状態のフガンを見ていると、もういたずらはやめろ、と子どもに呼びかけるみたいな言い方になっちまった。

「いつ……こんな作戦……？」

息も絶え絶えに、フガンが尋《たず》ねる。

「あなたがパワーを溜めている隙《すき》に」

バニーが答えると、フガンは観念したようにつぶやいた。

「……そっか」

その返答はあまりにも弱々しく、さっきまで暴れまわっていたヤツと同一人物とは思えないほどだ。

「イチかバチかだったけどな……お前はパワーを溜めるとき、自分の手で直接攻撃しなかった。だから直接攻撃させれば、もしかして、って」

俺たちはここまでフガンが自分自身を殴ってパワーを溜めたりはしなかったことから、少しでも可能性のある作戦に賭けたのだ。

フガンはため息のような声を漏らす。

「……あーあ」

そんなところでバレたか、と諦めたような泣き笑いのような囁《ささや》き声だ。

「さ、硬直《こうちょく》させた仲間を治せ。どうやった？　薬か？」

俺はバニーと二人、フガンに自白を促《うなが》す。

「おしえなーい」

消え入りそうな声だが、フガンは口を割らなかった。

「お前らの負けだ。諦めろ」

「あなたも相棒も早く治療《ちりょう》しなきゃ危ない」

バニーも説得する。こうしている間にフガンもどんどん呼吸が弱くなっていく。ムガンとともに一刻も早く病院に連れて行かなきゃならない。

「う……」

ためらう様子のフガンに俺は続けて言った。

「もう戦う必要ねぇだろ？　お前らすっげえ強かったぞ！」

弾《はじ》かれたようにフガンが顔を上げる。

「ええ、今まで戦った、誰よりも……」

バニーも頷き、フガンに声をかける。その言葉にフガンは嬉しそうでもあり、泣き出しそうでもあったが複雑な表情を浮かべる。

さっきも言ったが、彼らは絶対に許せない行いをしてきた。だが、罪を償《つぐな》い、生きていって欲しかった。

「さ、早く治療を……」

「どうせもう無理……この体じゃ……」

フガンが絞り出すように言い、俺はその悟《さと》ったような様子に焦りを感じた。

――まずい。そんなに簡単に諦めさせちゃいけない。

「僕もそんな感じ……」

鉄柵の上で動けないムガンも弱々しく言うと、フガンのもとへ最後の力でワープしてきた。

ムガンは傷を負いながらフガンの後ろにワープして回り込み、フガンを抱きしめるように寄り添う。

俺とバニーが手を差《さ》し伸《の》べるよりも早く、ムガンは俺たちに言った。

「じゃ」

「「バイバイ」」

フガンも声を合わせると、二人はワープして消えてしまった。

「「あ！」」

フガンが倒れていた階段に積もっていた雪が風で吹《ふ》き上《あ》がるが、それきり静かになった。

行っちまったか——。

俺とバニーは二人が残した壮絶《そうぜつ》な戦いの痕跡《こんせき》を呆然と見つめていた。

★★★

アプトン研究所の屋上。立ち並ぶ柱の陰《かげ》にグレゴリーが隠れているのを私は知っていた。

「諦めろグレゴリー！　大人しく出てこい！」

グレゴリーを追いかけて、仕留めるつもりだった。そこへフガンとムガンの声が聞こえてくる。

「「おじちゃん……」」

振《ふ》り向《む》くと、傷つき雪の上に倒れている二人の姿があった。私は急いで駆け寄り、二人を助け起こす。

「どうした！」

私は膝立ちになり片手でフガンを、もう片方の手でムガンを抱きしめた。

「ごめんね……おじちゃん……やられちゃった……」

フガンが本当に申し訳なさそうに、私に謝罪する。

「ごめんね……」

ムガンも虚《うつ》ろな目で私を見ると、力なく倒れ込む。腹と背中に大きな怪我を負っていた。

私は二人を抱きしめながら叫んだ。

「もう喋るな！」

「僕たち、おじちゃんにお別れ言いたくて」

「うん」

ムガンとフガンはそれでもうっすらと微笑みを浮かべ、私を見つめる。私はひどく動揺し、このままでは致命傷《ちめいしょう》になるであろう二人の傷を、正面から受け止めることができずにいた。

「喋るな……」

お願いだから、死なないでくれ——。

「せーの……」

フガンが言い、ムガンと顔を見合わせ二人は息を合わせた。

「今までありがとう」」

「！」

私は二人を抱き締めた。こらえきれず涙《なみだ》があふれる。私には謝《あやま》る資格すらないが、こんな目に遭《あ》わせてしまって本当に済まなかった……。二人をいっそう強く抱き寄せたそのとき――。

バン！　バン！

銃声が二発――そして、視線を落とすとフガンとムガンは額に銃弾を受け、ガクリと崩れ落ちた。

「!!」

柱の横で、グレゴリーが銃を構えてニヤリと笑った。

よくも、私の大切な――！

「ぬああ～～～～！」

怒りと悲しみと、絶望がないまぜになって私は叫《さけ》び声を上げた。しかし、グレゴリーは私の胸を容赦なく撃ち抜いた。

私はフガンとムガンに寄り添い、そのまま為《な》すすべもなく倒れ込んだ。幼い頃《ころ》からこの組織の駒として生き、いつ死んでもおかしくはない、ロクな死に方はしないだろうと思って生きてきた。

しかし、フガンとムガンが来てくれてからは三人での生活が長く続くことを願うようになっていた。

すべては私の責任だ。こんなにボロボロになるまで戦わせてしまったのも、そもそもそれを拒絶《きょぜつ》しながらも、二人を駒として差し出してしまったことも――。

私は左手のグローブを外し、これまで行ってきたヒーローたちの硬直化を解放する。どうしても直接触《ふ》れたかった。そして右手でムガンの頰《ほお》を撫《な》で、続いてフガンの頰にそっと触れた。

「……フガン……ムガン……ごめんな……」

最後の力を振り絞り、そこまで言うと意識は途絶《とだ》えた。

硬直化を解いた瞬間《しゅんかん》に、集中治療室のネイサンとキースは呼吸を始めた。

「っはぁ！」

「！　ああっ！」

アントニオも起き上がり、ライアン、イワンも次々と体の自由を取《と》り戻《もど》していった。

カリーナとパオリンも体を起こし、元気な姿に回復した。

ブラーエを追いかけてきたマッティアが、恐る恐る屋上に足を踏《ふ》み入《い》れたときには、囚人服の男の姿は見えなかった。

その代わりに男を追いかけていた壮年《そうねん》の男――ブラーエが倒れている姿を見つけ、マッティアは息を呑んだ。フガンとムガンを抱きしめたまま仰向《あおむ》けに倒れ、舞《ま》い落ちる雪の中で事切れている男をマッティアは言葉もなく見つめた。

『あの戦闘《せんとう》から三時間、昏睡《こんすい》状態だったヒーローの意識は戻り、全ヒーローが命に別条がない状態とのことです』

マリオがテレビで説明する通り、硬直化させられていたヒーローたちはフガン、ムガンがワープで消えた後間もなく体を動かせる状態になり復活した。

で、俺とバニーは緊急搬送《きんきゅうはんそう》され、二人して集中治療室のお世話になっている。トーマス、ブラック、キャットのルーキーたち三人も手当てを受け、しばらく入院が必要になったものの、それぞれ動けるまでの状態になった。

俺たちの病室にヒーローたちとアニエスが集まり、事後報告を受けた。

「ええ、友人です」

答えるバニーにアニエスが続けて告げる。

「そう。そのマッティアさんから通報を受けた警察が、フガンとムガンと謎《なぞ》の男の遺体を発見したそうよ」

フガンもムガンも亡《な》くなっちまったか……苦い想いで俺はつぶやいた。

「そうか……」

「何者なんだ？　その男……」

ライアンは納得《なっとく》できない口調だが、アニエスがそれを取り成すように言う。

「まぁ、捜査《そうさ》は任せましょ。今は休養して早く復帰してちょうだい！」

アニエスらしいな。思わず笑っちまった後、俺は改めてバニーを見る。

あれだけの戦いでよく無事でいられたもんだ、と他人事《ひとごと》みたいに考えちまう自分がいた。戦いのときは夢中だったが、終わってみれば助かってよかったと心から思う。

ファイヤーエンブレムとスカイハイが顔を見合わせ、微笑む。

トーマスが何か言いたそうにブラックを見るが、ブラックはよくわかっていないみたいで不思議そうにトーマスへ向く。

他のヒーロー皆が平和に過ごしてる姿に、俺は心からホッとしていた。

「あぁ、なんかすっごくお腹空いてる〜」

ブルーローズの意外な告白に、ライアンが呆れ笑いをしながら彼女を見る。

キッドも元気よく、ブルーローズに賛同する。

「あ、ボクも！」

その様子にキャットが微笑む。

「ミートゥ〜！　ずっと固まってたのにペコペコになるのねぇ〜」

ちょっと恥《は》ずかしそうに言うファイヤーエンブレムに、スカイハイは嬉しそうに微笑む。

「生きている証《あか》しだよ！　皆が無事で本当に……」

「良かった。そして良かった」

ファイヤーエンブレムがスカイハイの口調を真似《まね》て両手を胸の前で重ねるポーズをする。

「そう！」

スカイハイが笑い、ファイヤーエンブレムも笑っている。

こんなやり取りが聞けるのも、誰《だれ》一人《ひとり》欠けることなくまた一緒に集まれたからだ――。

俺はその、決して当たり前ではない喜びを噛《か》みしめていた。


「なぁ、固まってる間、何考えてた？」

アントニオが尋ねるとイワンが即答《そくとう》した。

「ただただ、皆さんのことを……バイソンさんは？」

――もちろん皆のことを考えていたが、一番心配だったのは相棒である折紙《おりがみ》だ。

とはアントニオはすぐに言えず、

「……内緒《ないしょ》だ」

そう誤魔化《ごまか》した。するとイワンもアントニオのように言葉をタメながら答える。

「……了解《りょうかい》」

「いや、聞けよ！」

予想外のイワンの返答にアントニオは思わずツッコむ。するとその反応も織《お》り込み済みだったのか、イワンはニッと笑った。

――このタイミングじゃますます言えなくなっちまったが、まぁ再会できただけで十分だ！

アントニオはこうやってまた笑い合えることが心から嬉しかった。


「だから、パパママにもっと感謝を表したほうが……」

やっと無事再会できたというのに、ライアンはカリーナに説教していた。

「何なの急に」

「固められてた間、見舞《みま》いに来てたの見えたから」

ライアンが真剣《しんけん》な表情で言う。

――そうか、ライアンにも見えてたのか。

カリーナはそう思って納得しながらも、

「人のうちのことに口出ししないで！」

上から言われたようで面白《おもしろ》くなく、ついそう言い返す。

「そりゃ出させてもらうぜ。相棒のメンタルはこっちにも影響《えいきょう》してくんだから！」

即《そく》、切り返してくるライアンに、カリーナは自分のメンタルのことまで気にしてくれることは素直《すなお》に嬉しいと感じた。

――相棒同士、これからも言いたいことは素直に言って、納得できることはちゃんと受け入れよう。

「そっか……はい！」

カリーナは明るく返答した。


付《つ》き添《そ》って来てくれたパオリンに、ラーラが改めて打ち明けた。

「お守りありがとうございました。中を見たら勇気が……」

「うあぁあああ！」

お礼を言おうとしたラーラを、パオリンが大声で遮る。

「見ちゃったの？」

恥ずかしそうなパオリンにラーラは「ええ」と答える。

――あのお守りがなかったら、私は力が出せずにいたかもしれなかったから――。

「あ、あれはホラ！　持ってるだけで効果ある、気持ちをアレするアレだから！」

誤魔化すみたいに手をバタバタしながらパオリンは言う。そんなパオリンの優しさに、ラーラはまた救われていた。

「中を見たらもっと、気持ちをアレされました」

パオリンを真似て伝えると、パオリンはラーラと向かい合い、彼女の手を取る。

「……頑張《がんば》ったね」

微笑むパオリンに、ラーラは思わず泣きそうになりながら、微笑み返した。

――ありがとう、キッドさん。

ラーラは心の中でつぶやいた。


隣のベッドで、トーマスがさっきから何か言おうとしている気配を昴《すばる》は感じていたが、一向に言いだそうとしない。

「だから、何だよ!?」

昴は思わず強い口調で促した。

「だから……その……庇ってくれて……」

〝ありがと〟――と本当に囁《ささや》くような声で言ったような、言わなかったような？

「……何て？」

昴が聞き返すと、トーマスは「いや」と視線を逸らしてしまった。

「いやマジ聞こえなかったんだよ。たぶん流れ的に『ありがとう』だと思うんだけど」

――こういうの、本当は自分から言うもんじゃないんだけどな……。

そう思いながら、昴はトーマスなりのお礼が嬉しくもあった。

「じゃあもういいだろ」

話を終えようとするトーマスに、昴は笑った。

「だな。別に礼言われたくてやったわけじゃねぇし」

昴がベッドに横になってトーマスに笑いかけると、トーマスもごく控《ひか》えめな微笑みを返した。

「ああ」

――うん、俺たち、ちょっとずつなれてきてるんじゃねぇかな。「相棒」ってヤツに。


司法局執務室《しつむしつ》では、ユーリ・ペトロフが一人、書類を見つめていた。

机上《きじょう》に置かれたその書類は、ユーリが作成した『バディシステムの解体提案書』であった。

これを提出する可能性は、これからもゼロではないのかもしれないとユーリは考える。

――だが、今回はヒーローたちの団結した正義をこの目で見た。それを以《もっ》て、解決としよう。

ユーリは静かに手を上げると、その指先から青緑色の炎が放たれる。その炎は彼の目の前の書類を跡形《あとかた》もなく焼《や》き尽《つ》くした。


俺たちは、集中治療室でほとんど身動きもできない状態のまま、ぽつぽつと言葉を交《か》わした。

「フガンとムガン……憎みきれねぇっつうか、奇妙《きみょう》な相手だったな」

純粋に強さを確かめようとする姿、双子《ふたご》同士の絆《きずな》の強さ――それから恐《おそ》らく誰かのために戦おうとしていたその理由……わからねぇことも多いが俺の心には二人の姿が強く刻まれていた。

「ええ……」

どこまで同じことを考えているかはわからないが、バニーも思案顔で頷く。

こんな重傷になっちまったけど、またバニーとヒーローが続けられそうで……俺はそれが何より嬉しかった。

もっともマッティアさんが目撃《もくげき》した逃走《とうそう》した謎の男やフガンとムガンとともに亡くなっていた男など……まだ何か大きな力が陰で蠢《うごめ》いているような嫌《いや》な予感は消えない。そう遠くはない将来に、また新たな敵が現れるだろう。

けどそのときは、怪我も治って、またバニーと二人で力を合わせられればそれでいい。バニーはこれからも俺の「相棒」だ。

俺は様々なことを考えて、ふと思い出した。

「そうだバニー、覚えてっか約束」

「約束？」

バニーは俺を見る。

「いい加減、二人で飯行こうって」

「ああ……」

納得した顔のバニーに俺は続ける。

「一件落着したから今夜あたりでも……」

「虎徹さん、本気で言ってます？」

やれやれ、と呆《あき》れ顔《がお》の——だが少し嬉しそうでもあるバニーの表情がすぐ近くにある。

まあ、そうだよな。この状態で行けるわけねぇんだけどさ。

「しょうがねぇ、今日は点滴で乾杯《かんぱい》すっか」

元気になったら何が食いたいか、まずはそんな前向きな話でもするか！

俺は、バニーに話しかけようともう一度身を乗り出した。


降り続く雪の中、街の片隅《かたすみ》では切れた鎖《くさり》を引きずって一人の男が歩き続けていた。

その男——グレゴリー・サンシャインはカーブミラーに映った自分の姿に気付くと、乱れていた髪《かみ》をリーゼントに整え、ニヤッと気味の悪い笑みを浮かべる。

満足そうに髪を整え終えたグレゴリーは、小脇に抱えたケースから薬品の入ったアンプルを目の高さに持ち上げ、こいつのおかげだと言わんばかりにアンプルにキスした。

「ん～～～～～～っま！」

グレゴリーは高らかに笑い声を響かせながら、暗闇《くらやみ》の中へ消えて行った——。

END

あとがき

この本を手にしてくださった皆様、初めまして。上巻を読んでくださった皆様、引き続きお読みくださり本当にありがとうございます！　石上《いしがみ》加奈子《かなこ》と申します。本書の上下巻で「ＴＩＧＥＲ＆ＢＵＮＮＹ２」パート１の物語を最後まで書かせていただくことができ、しみじみありがたく思っております。シュテルンビルトと我が家を行き来するような幸せな期間でした。

ノベライズを書かせていただくに当たり、虎徹《こてつ》とバーナビーはもちろんですが、ヒーローたちの一人称視点にこだわって、できる限り多くの一人称でのモノローグを各話に入れ込ませていただきました。小説という手法の醍醐味《だいごみ》として、キャラクターたちの心情をより深く炙《あぶ》り出せたらという想いです。独自のアイコンも作っていただきました（贅沢《ぜいたく》！）ので、ぜひ移り変わっていく視点をお楽しみいただければ嬉しいです。

最後に「ＴＩＧＥＲ＆ ＢＵＮＮＹ２」を作ってくださった西田征史《にしだまさふみ》様、脚本家の皆様・制作の皆様、監修の兒玉宣勝《こだまのりかつ》様、ＢＮＰｉｃｔｕｒｅｓの皆様、担当編集様に改めて感謝致しますとともに、お読みくださった全ての皆様、こんな私にも作中から勇気を与え続けてくれたヒーローたちに心からお礼申し上げます。またいつか、何かの形でお会いできることを願っております。本当にありがとうございました！

小説《しょうせつ》

TIGER & BUNNY 2 パート1［下《げ》］

2023年5月26日　初版発行

ノベライズ：石上加奈子

企画・原作・制作：BN Pictures

シリーズ構成・脚本・ストーリーディレクター：西田征史

監修協力：兒玉宣勝

発 行 者　山下直久

発　　行　株式会社KADOKAWA

〒102－8177　東京都千代田区富士見2－13－3

電話／0570－002－301（ナビダイヤル）

デ ザ イ ン　寺田鷹樹

印刷・製本　凸版印刷株式会社

◉お問い合わせ

https://www.kadokawa.co.jp/（「お問い合わせ」へお進みください）

※内容によっては、お答えできない場合があります。※サポートは日本国内のみとさせていただきます。

※Japanese text only

ISBN978-4-04-737406-5 C0093

定価はカバーに表示してあります。